통일의 대박꽃

시혼과 투병일기

통일의 대박꽃

발행일	2018년 1월 12일		
지은이	장 용 득		
펴낸이	손 형 국		
펴낸곳	(주)북랩		
편집인	선일영	편집	권혁신, 오경진, 최예은
디자인	이현수, 김민하, 한수희, 김윤주	제작	박기성, 황동현, 구성우
마케팅	김회란, 박진관, 김한결		
출판등록	2004. 12. 1(제2012-000051호)		
주소	서울시 금천구 가산디지털 1로 168, 우림라이온스밸리 B동 B113, 114호		
홈페이지	www.book.co.kr		
전화번호	(02)2026-5777	팩스	(02)2026-5747

ISBN   979-11-5987-951-7 03810(종이책) 979-11-5987-952-4 05810(전자책)

통일의 대박꽃

시혼과 투병일기

장용득 지음

혼신의 힘을 다해 시를 쓰며 죽음의 위기를 극복한
한 남자의 감동적인 투병일기

북랩 book Lab

prologue

머리글

　이대목동병원 소화기 내과 김태현 교수님과 여의사 임지영 선생님의 경이로운 모습에 고개를 숙입니다. 그리고 영상 클리닉 전문의 여 교수님, 나의 친구 사마귀 벌레의 영혼인 초음파 기계와 짝꿍이 되어 혼신의 힘을 다해 인고 속에 초음파 고주파 시술로 간암 제거 시술을 해 주시고 치료해 주신 교수님을 존경합니다. 그날의 긴장하신 교수님의 모습을 순간마다 회상할 것 같습니다. 그 외 저를 치료해 주신 각 분야의 전문의 선생님들과 모든 환자의 비위를 받아주고 치료에 노력하신 간호사님과 내 더러운 오물도 마다 않고 치워 주고 소독해 주신 간호 보조사님에게도 진심으로 감사를 드립니다.

장용득 올림

목 차

유언

간암
초음파 고주파 시술을 한단다
나는 생과 죽음에 연연하지 않는다
죽음도 이미 각오해 왔기에
편안히 받아들인다 그것은
평생 힘들었던 삶을 열심히 최선을
다하고 살아왔기 때문이다

얘, 떨지 마라!
너희는 너희의 삶을 살아가라.

행여 내가 생으로 돌아간다면 이제는 작은 호롱불 하나
켜놓고
버려진 내 작은 문학들을 줏섬주섬 주워담아 흙을 털어

내고 상처 난 곳엔 약도 발라주고
비록 그들이 예술로 승화되어 날지 못하고
옹기종기 종이학이 되어 내 가슴팍에
묻혀있다면 보듬어 주고
눈물도 닦아 줘야지
이들과 함께 내 작은 취미로 벗 삼아
새로운 삶을 정서적으로 살아가야지

만약 내가 죽음에 간다 해도
무겁고 힘들었던 내 삶을 내려놓고
편안히, 편안히 쉬어야겠지

시의 영혼

시인이여
눈물 한 방울 풀잎 위에 이슬이어라
풀잎 위에 이슬이 떨어지거든
땅속에 스며들어 풀잎의 뿌리에 생명을 주어라

시인이여
세상의 아픔으로 꽃피운 자여
아픔을 승화시켜 햇살에 일어나는 새싹처럼 깊고 응고된 고뇌
에서 피워올린 시를 쓰라
시인의 마음은 너무 연약하고 너무 강하다.

어느 해인가
저녁나절 가을 길을 가다가 사마귀 한 마리가
아이들의 돌에 맞아 머리는 터져 피투성이가 되어있고

사지는 짓이겨져서 처참하게 죽어있는 모습에 흠칫! 징그러워서 옆으로 피해 저만치 가다가 뒤돌아와서

주머니에서 꽃무늬 화장지 세 장을 꺼내서 나뭇가지를 꺾어다 젓가락을 만들어 찢긴 사마귀시체를 조심히 화장지 위에 올려 돌돌 만 후 고척교 다리 옆 둑에 묻어주었다. 그리고 옆에 있던 감창 풀꽃과 하얀 꽃을 꺾어서
  무덤을 만들어 무덤 앞에 놓아주고
  좋은 곳으로 가라고 묵념과 삼배를 올리고 왔기에
  몇십 년 후 그 사마귀가 환생을 해서 이 땅에 초음파 기계로 와서 만나듯이

  시인이여
  너의 연약한 마음은 눈물의 이슬이요
  악을 미워해서도 안 된다
  시인의 마음에 맞아 마음이 아픈 사람은 다른 사람에게 몽둥이로 맞는 것보다 더 서럽고 아프다는 것을 너는 알아라

  요즘 세상에 사진 영상 클리닉 기술이 얼마나 좋으냐
  뭇 사물들이 죽음에서 생명의 새싹으로 꽃이 피어나는 신비함을 슬로모션으로 촬영하는 실로 신기한 과학의 기술을 보며 너는 느끼고 있지 않느냐

시인이여

그 사진의 영상 속에는 외면의 세계만 보일 뿐 한 톨의 씨앗이 바람에 휘날려 땅에 떨어지고 흙 속에 뿌리를 내리고 아픔의 긴 인고와 우주 삼라만상의 조화 속에 변화하며 움터오는 실로 신비한 예술의 생명체의 애틋한 아름다움은 보이고 있질 않구나

시의 영혼은 인고 속에 깨어나는 저 영혼들이 망울망울 꽃피움을 창출해 내는 것이 시의 영혼이 아닐까

내 삶이 평생을 일요일 한 번 못 쉬고 단 한 곳도 관광을 가보지 못했다. 여행이라곤 딱 한 번, 내 아이들이 초등학생일 때 여름방학에 강원도 화진포 해수욕장으로 관광버스를 타고 2박 3일로 한 번 다녀온 것뿐이니 삶의 족쇄에 묶여 힘들게 살아온 내 인생이 참으로 무능하고 한심하게 느껴진다.

오늘도 스포츠댄스 학원 겸 식당을 운영하기에 아침에 시장을 보려고 당산동에서 영등포시장 도매상회까지 버스를 타고 두 번을 오간다. 버스 요금 1,150원을 아끼려면 다른 번호의 버스 네 번을 갈아타야 한다. 시장을 볼 때 30분이 넘으면 환승이 되지 않으니 한 걸음이라도 빨리 움직여야 한다. 그러다 보니 허벅지에 힘이 빠지고 쥐가 나는데도 억지로 가게로 돌아왔다.

오전에 스포츠댄스를 한 타임 가르치고 나니 오늘따라 유독 힘이 들어 사람들의 눈에 띄지 않는 구석에 앉았더니 머리가 핑 돌면서 현기증이 나 그대로 정신을 잃고 고꾸라졌다. 의자에서 어떻게 바닥까지 넘어졌는지도 기억이 나지 않는다. 2분 정도일까, 사실 몇 분이나 흘러갔는지도 모른다. 정신이 들어 눈을 뜨니 바닥에 반듯이 누워 있었다.

죽었다가 깨어난 것일까, 단순히 기절했던 것일까. 누가 나의 이런 추한 모습을 봤을까 두려웠다. 자존심 때문에라도 이런 창피한 모습은 내 가족에게도 보이고 싶지 않다. 혹여 학원생 중 누군가가 보았을까 서둘러 일어나 의자에 앉았다.

속이 메스껍고 울렁거려서 화장실에 갔더니 시커먼 피가 섞인 혈변을 반 바가지나 쏟아냈다. 창자 어딘가에서 출혈이 일어나 정신을 잃고 쓰러진 것이다. 평생 멍들어 죽은피가 담같이 온몸을 돌아다니다가 한꺼번에 쑥 쏟아져 나왔구나 싶어서 오히려 다행이라는 생각이 들었다.

피를 쏟은 내 육신은 피로했다. 평생의 피곤이 한꺼번에 밀려오는 것 같았다. 오늘따라 레슨을 받는 학생들이 어쩜 이렇게 많이 오는지, 너무나 피로했지만 새로 등록한 학생들도 있어 돈을 생각하여 계속 레슨을 하는 수밖에 없었다. 힘들 때면 몰래 감추어 두었던 소주를 1/3병씩 마시고 일을 하곤 한다. 마시고 일하고, 또 힘들면 마시고. 그렇게 소주의 힘으로 버티며 일을 했다.

밤 9시 30분 마지막 레슨을 마치고 집으로 와서 옷도 못 벗고 침대에 누우니 세상이 그렇게 편안했다.

밤 11시경, 다시 속이 메스껍고 울렁거렸다. 현기증이 나자 급하게 화장실에 가야겠다는 생각이 들어 일어나 화장실 문을 여는데, 머리가 다시 핑 돌았다. 어떻게 해서든 변기까지는 가야 한다는 생각에 다시금 움직여 보았지만, 기분 나쁜 울렁임이 일며 블랙홀 속으로 휙 빨려 들어가는 느낌이 들었다. 그 순간, 어떻게 넘어졌는지 어쨌는지 아무런 기억이 나지 않는다. 그저 앞으로 폭 고꾸라졌을 뿐이다.

얼마나 지났을까, 타일 모서리에 부딪혔는지 오른쪽 눈이 피범벅이 되어 있었다. 자세히 보니 3cm 정도 찢어진 모양이었다. 눈은 물론 코에서까지 피가 나고 있었고, 아래쪽은 대변에 피가 섞였는지 바지와 허벅지까지 빨갛게 젖어 차마 눈뜨고는 못 볼 참혹한 몰골이 되어 있었다.

거실에서 TV를 보고 있던 아내와 막내딸이 화장실에서 나는 소리에 놀라 달려왔더니 내가 정신을 잃고 있었다고 한다. 아내는 내 뺨을 때리며 나를 깨웠고, 막내딸은 수건으로 지혈을 했다. 어찌나 놀랐는지 119를 불러야 한다는 생각도 하지 못하고 발을 동동 구르다가 가까이 사는 사위에게 연락하였다.

큰딸과 사위가 와서 119를 부르고, 피와 오물을 대충 닦고는 옷도 갈아입혔다고 한다. 축 늘어진 나의 육신은 마치 문어같이 흐물거려 부축도 어려웠다.

희미한 의식 사이로 차가운 밤공기를 느끼며 119 구급대원들의 도움을 받아 앰뷸런스를 타고 이대목동병원 응급실로 실려 갔다. 옛날 사람들은 화장실에서 쓰러지면 뇌진탕으로 죽거나 반신불수가 된다고 했는데….

밤 12시 40분쯤, 응급실은 밤에는 도떼기시장같이 아수라장이었다. 특히 밤늦게까지 술을 먹다가 싸우고 피를 흘리며 오는 사람들은 고래고래 소리까지 지르는 터라 의사와 간호사들이 여간 애를 먹는 것이 아니었다.

나는 의식은 있었으나 몸에 힘이 들어가지 않아 모든 것을 체념한 채 눈을 감은 채로 있었다. 그 순간만큼은 살겠다는 의욕도, 죽는다는 불안도 없이 아프면 아픈 대로, 하라면 하라는 대로, 똥을 싸든 오줌을 싸든지 아무렇지 않게 느껴졌다. 이 밤이 지나면 내일이 오겠지, 내일이 나에게 없는 것이라 하더라도.

곧 각종 검사가 시작되었고, 사고 시간과 경위, 현장 등을 적어 갔다. 항문에 비닐을 낀 손가락을 넣어 치질인지 아니면 창자에서 대변에 피가 섞여 나온 것인지 확인했다.

눈가가 찢어져서 아직도 피가 조금씩 흐르고 있었는데도, 그것에는 아무도 신경을 쓰지 않았다. 생년월일과 이름, 주소 그리고 평소 먹고 있는 약의 종류를 물었고, 최근에 어느 병원에 간 적이 있는지, 음주량과 흡연량에 대해서도 물었다.

집안 어른들이 무슨 암으로 돌아가셨는지, 유전병은 없는지 집안 병력까지 물었다. 이동식 엑스레이로 몸의 이곳저곳을 촬영한 후 환자복으로 갈아입히며 기저귀도 채워 주었다.

체온과 혈압, 혈당 채혈 검사에서 체온은 너무 떨어져 있고, 혈압은 너무 높다는 진단이 나왔다. 특히 당뇨가 있어 출혈이 멈추지 않고 있다고 했다. 피를 너무 많이 흘려서 수혈을 한다고 해도 출혈 장소에서 피가 조금이라도 멈추지 않으면 생명이 위험하니, 각오는 하고 계시는 것이 좋을 것이라고 의사가 말했다.

심장 박동기인지 가슴에 여러 장치가 붙었다. 여기서 슬며시 내 시동이 꺼지면, 그대로 멀리 떠나게 되는 것이겠지. 산골로 가든지 위로 가든지 땅 밑으로 꺼져 버리든지, 어디 꼬불쳐 둔 돈이 어떻게 되든지 아무것도 신경 쓰이지 않았다.

양쪽 팔에는 요즘 새로 나온 다목적 주사기를 찔러 놓았다. 전에는 환자가 주사를 맞을 때마다 혈관을 찾느라고 여기저기 마구 찔러서 팔뚝이 온통 시커멓게 피멍이 들고, 그 찔린 곳이 아프고 흉물스럽게 변하곤 했는데, 이것은 누가 발명한 것인지 참 잘한 발명이다. 사실 별것 아닌 것 같은데, 공부하고 연구하면 사람의 삶이 더욱 윤택해진다는 생각이 들었다.

침대의 주사 대롱 위에 걸린 여러 종류의 주사액들이 다목적 주사기를 통해 몸에 들어오는 것을 보니 둥근 유리병 안의 링거액이 구닥다리같이 느껴졌다. 환자의 피가 무슨 형인지, A형이라고 하면 A형의 피를 대롱에 걸고, 주사기와 연결할 때 또 A형이 맞는지 확인한 후에 계속해서 수혈을 받았다.

나의 보호자는 죽음이라는 말에 마음이 다급해진다. 화장실에서 쓰러지면 뇌진탕으로 뇌 뚜껑을 빨리 열어야 산다고들 하던데, 왜 엉뚱한 짓을 하는 데 시간을 보내는지, 눈이 찢어져 아직도 피를 흘리는데 꿰매지 않고 피가 모자라다는 소리를 하느냐고 따져 묻는다. 본인이 진료 방해 중이라는 것도 자각하지 못하는 듯했다. 그만큼 절박했겠지.

병원에서는 검사 과정을 토대로 생명이 위험한 것부터 순서대로 착착 진행해 가고 있었다. 뇌는 신경외과에서 부러지고 찢어진 것은 정형외과에서, 눈은 안과에서, 각 분야의 전문의가 급한 것부터 치료하는 듯했다.

잠시 후, 외과 의사가 와서 찢어진 눈가를 봉합하지 않은 채로 소독만 하고 테이프로 당겨 붙이고는 가 버렸다. 아, 이것이 응급실의 외과 응급처치인가. 응급처리 한번 참 쉽게 한다. 이런 게 응급처치라면 나도 할 수 있겠다.

"어이, 장 형. 지금 당신은 죽음 앞에 있어. 앰뷸런스를 타고 여기 실려 온 거야. 장 형은 지금 응급실에 밤 근무, 취직 시험을 보러 온 게 아니라고. 아휴, 저걸 콱 뒤지게 해서 천당을 보낼까, 지옥으로 보낼까?"

"와따메, 무시라. 저승사자님이신가 봐유! 그런데 오늘 밤에 보내 버리면 안 되지라우, 서운하잖아유!"

"뭣이 서운한데?"

"거시기, 있잖아유. 먹고 죽은 놈은 때깔도 좋다고 하잖아유.

그래서 할 말은 하고 죽는 놈은 얼굴에 화색이 확 돈다고 하잖아유!"

오전 7시쯤에 교수님들이 출근하는 것 같고, 간밤에 응급실에 온 환자들을 밤사이에 한 검사를 토대로 분야별로 배당을 받아 담당 교수님이 결정되는 것 같았다.

오전 회진 때 교수님과 여의사분께서 보시고 11시쯤 바로 위내시경을 하게 되었다. 난생처음 하는 위내시경인데 그것도 수면 내시경이 아니라 생으로 하게 되었다. 평소에는 양치만 해도 구역질이나 헛구역질을 하던 내가 위내시경을 생으로 하다니…. 삽입된 내시경은 아래로 미끄러지듯 내려가 출혈 자리를 찾아 그곳의 상처를 치료한다고 한다.

나는 간암이나 폐암 때문이라고 추측을 했기 때문에, 위에 구멍이 나서 이렇게 앰뷸런스까지 타게 될 것이라고는 상상도 하지 못했다.

위내시경 줄이 목에서 넘어가기도 전에 꽥꽥 죽을힘을 쓰고, 강제로 호스를 목구멍 안으로 꾸역꾸역 집어넣을 때는 나는 돼지 멱따는 소리를 내며 콧물과 눈물, 침 범벅이 되었다. 나는 죽기 직전의 돼지처럼 헐떡거리며 죽어가고 있었다.

위장의 맨 위쪽 두 곳에서 출혈이 심하고 옆의 한 곳이 춘삼월 꽃망울 터지듯 부풀어 올라 터지려고 하는 상황이라고 한다. 병명은 위궤양 위점막 혈관 출혈이었고, 출혈된 곳 주위의 위벽이 얇아져 의사 선생님은 어떻게 치료를 해야 할지 고심하는 중이었다.

하기야 20년을 매일 청하 두 병, 맥주 두 병, 소주나 막걸리 반병씩을 아침부터 저녁까지 마셔댔으니 위가 구멍이 나서 피가 날 만도 했다. 그러는 사이에 수혈은 계속되었고, 나는 중환자실로 옮겨졌다.

비 오는 강촌에서

수억 만 개의 빗방울이 떨어지는 강촌에서 나는 홀로
강물을 바라본다
강물은 흘러서 어디를 가나
우리 님 계신 곳 서울로 가나

님은 아는가 이 빗소리를
님은 듣는가 창문에 부딪치는 빗방울 소리를 우리 님
애타게 부르는 노래건만

불러도 불러도 대답이 없어
어둠이 깃든 밤비를 맞으며 뚜벅뚜벅
뒤돌아서 걸을 때
얼굴에 부딪쳐 흘러내리는 이 빗물이
님의 향수 되어 내 몸을 적시네

그리움!
하늘을 우러러보았지
그리움이 저 하늘에 비구름 되어
강물 위에 떨어져서 잔잔히 동그라미를 그리고
앞산에 안개슬비는 산허리 감아 돌고
산은 촉촉이 젖은 여인의 아름답고 신비한 자태로 모습
을 드러낼 듯 서 있다

숲 속의 계곡에는 넝쿨들이 비옥이고
졸졸졸 흐르는 계곡의 맑은 물소리는
천 년의 신비함을 안고
뭇 사연을 숲 속에 감추고 안개슬비는
수줍은 여인의 신비한 계곡을 감출 듯
보여줄 듯 엷게 덮는다.

흰 학 한 마리는 비에 젖어 강줄기 타고
두 다리 뒤로 쭉 뻗고 훨훨 날아서
위쪽으로 날아서 어디를 가나
님의 향을 품에 담고 어디를 가나

기차는 잠시 돌산 아래 머물렀다가
기적을 울리며 어디를 가나

내 님의 사연 싣고 어디를 가나
기차의 꽁무늬가 산모퉁이를 돌아서
꼬리를 감추면
나는 외로워 강물을 바라본다

강가 돌섬 바위에 앉아 우산을 쓰고
님의 모습 떠올리며 시상에 젖어
님의 얼굴 수놓은 강물에 뛰어들어
님의 품에 안기어 죽어간다면 행복일까

신발은 벗어놓고 죽는다는데
내 신발도 돌섬 바위 위에 가지런히 놓아두면 사람들은
수군수군거리다가 둥지로 가겠지

'흠칫!'
돌섬 한 발 앞, 강물의 수심이 시퍼렇게 보이고
한 발만 헛디디면 죽음일 텐데
물귀신이 나를 물속으로 오라고 손짓할까 봐 무서움에
얼른 돌섬 바위에서 뛰어내려 강가로 나왔다

비 오는 강촌에서 홀로 님을 생각하며

새벽 4시경, 아직도 위에서 출혈이 멈추지 않아 대변에 피가 섞여 나오고 소변에도 핏방울이 떨어진다. 오전 11시쯤 두 번째 위내시경에 들어갔고, 1차 출혈 멈춤이 실패하여 2차에는 초음파 치료를 해 본단다.

처음의 위내시경이 너무 고통스러워서 수면 내시경으로 해 달라고 했지만, 치료 효력이 떨어진다며 생으로 한단다. 첫 번째 위내시경이 너무 힘들어서 두 번째는 죽지 않으면 까무러치겠지 하는 심정으로 각오를 단단히 하고 들어갔는데, 두 번째는 처음보다 구역질이 조금 덜하여 참을 수가 있었다.

오후에는 꽤 안정되었고, 친지들의 면회도 가능하게 되었다. 중환자실의 면회는 오전 1시부터 30분간이고, 저녁은 7시부터 30분간, 어린아이는 출입할 수 없고 두 명까지만 허락이 된다.

친지들은 내 삶이 어려운 줄도 모르고 듣기 좋은 말로 완쾌되면 평생 일요일에도 한 번 쉬지 않고 계속 일만 하는 삶을 그만두고, 여행도 다니고 맛있는 것도 먹어 가며 살라고 했다. 내 나이가 낼모레면 70인데, 이제는 모든 짐을 내려놓고 좀 편안히 살아갈 때가 되지 않았느냐며 딸들을 모두 대학 졸업까지 시키고, 결혼까지 시켜 주었으니 이제 딸들이 자기 인생을 스스로 살아갈 수 있게 되었으니 뭐 그렇게 걱정할 일이 무어에 있겠느냐고 한다.

친지들이 돌아가고, 오후 4시쯤 일반 병동으로 옮겨졌다. 우리 가족은 내 죽음 앞에서 죽음의 걱정은 잠시고, 긴 한숨을 내쉰다. 내가 5일만 쉬어도 당장 가계가 어려워지고 다음 달 생계가 막막해지기 때문이다.

우선 큰딸의 공단 보험금 외에도 몇백만 원이 들어갔다. 다음 달 공과금과 카드 값을 내지 않을 수는 없는 일이라 앞으로 또 이 병원비는 어떻게 해야 할지 막막한 기분일 것이다.

그 절박한 심정을 나는 안다. 차라리 전날 밤에 죽었다면, 지금처럼 이렇게 내 마음이 아프지 않고 편안히 쉬고 있었을 텐데…

샤갈

샤갈
사랑하는 연인아 파도에 밀려와서
바다 바위에 걸터앉은 인어가 되어
초승달을 바라보며 무얼 그리 생각을 하느냐

꽃 같은 연하의 님 두고
그 또래에 빼앗기고
저 어둠의 휘장 뒤에 숨어서 멍하니
그를 내려다보고 있겠지

샤갈
사랑하는 여인아 새벽 초승달에
너의 영혼 싣고
장엄한 환승의 나라로 간다고 해도

애절히 끓어 오르는 너의 애틋함이
이승의 정이 그리워서
차마 뒤돌아보며 어이 갈꼬.

연하의 님 두고 이별의 아쉬움에
너의 작은 가슴은 참새 가슴팍이 되어
앙상히 울지도 못하겠지
저 너머의 장엄한 환승의 꿈이 있다 한들
샤갈

　새벽 4시 정각. 오늘은 MRI 검사가 있다며 녹색 가운을 입은 사람이 와서 누운 채로 내 침대를 밀고 나간다. 병원의 밤은 분주했던 낮과는 달리 한산하다. 엘리베이터에도 아무도 없고, 복도는 스산하고 중압감마저 느껴진다.

　죽음에서 생을 애원하고 있는 환자를 보호자도 없는 밤에 텅 빈 병원 복도를 침대에 누운 채로 밀고 가는 녹색 가운의 저 사람이 저승사자는 아니겠지, 이대로 영안실의 냉동고로 가서 밀어 넣고 열쇠로 잠그고 가 버리는 것은 아니겠지. 설마 내가 죽은 것은 아니겠지, 하고 나는 몇 번 눈을 깜빡거려 보았다. 혹시나 죽은 환자와 번호표가 바뀌지는 않았겠지, 하는 괴이한 망상도 해 본다. 망상은 꼬리에 꼬리를 물고 마침내 연이 되어 하늘 높이 날아간다.

　병원 으슥한 곳에는 귀신이 나온다는 이야기가 많이 있다. 어릴 적 여름밤에 평상에 나와 앉아 무서운 귀신이 나오는 이야기를 듣곤 했다. 시골 우리 동네는 동네 가운데로 도랑이 있고, 도랑 옆에 길이 있었다. 도랑 저쪽 옆 물가에는 대밭이 우거져 있어 바람만 불어도 귀신이 나올 것 같고, 대나무 숲 옆에는 우물도 있었다. 동네 한가운데에 큰 묘지가 있었는데, 우리는 묘지 봉분에 올라가서 미끄럼을 타고 놀다가 묘지 옆에 사는 묘지 주인이 나오면 도망을 치며 놀았다.

동네 아래쪽에는 등대가 있는 아름다운 바닷가였다. 여름방학 때면 대구에서 대학생 형 누나들이 많이 찾아와서 무허가 민박집에 머물곤 했다. 동백 아가씨의 사연처럼 그 옛날, 한 여대생이 실연을 당하고 바다에 몸을 던져 죽었는데, 시체가 떠오르지 않았다.

한 보름쯤 지났을까, 서울에서 가족들이 시신이라도 수습해야 한다며 내려왔다. 지구대의 도움으로 잠수부를 수소문해 바다 밑에 내려보냈다. 시체가 돌 틈에 끼어 있어 떠오르지 않고 그대로 부패가 된 채 흐물거리며 누워 있는 것을 보고 잠수부도 사람인지라 무서운 마음이 들었다. 그래도 돈을 받았기 때문에 시체를 구해야 했기 때문에 다가갔다고 한다.

물에 빠진 시신을 수습할 때는 겁을 내면 안 되며, 혼자서도 안 되고 두 명 이상은 있어야 서로 의지를 하고 무서움이 덜하다고 한다. 바다에서는 시체의 부패가 빠르게 진행되기 때문에 일주일만 지나도 살이 흐물흐물해진다. 어찌 되었든 시신을 데리고 뭍으로 올라가야 한다는 생각으로 이 잠수부는 시신의 머리를 양손으로 잡고 당기며 뭍으로 올라오는데, 여대생의 목이 그만 쑥 빠져서 얼굴만 물 위로 올라왔다고 한다. 배에 타고 있던 사람들과 구경하던 사람들은 혼비백산하여 뒤로 다 나자빠졌다.

잠수부는 그때부터 정신을 놓아버렸다고 한다. 그분은 우리 동네 형님의 또 형님뻘 되는 분이었는데, 헛소리를 중얼거리며 히죽히죽 웃기도 하며, 비가 올 때면 그 처량한 모습이 말도 못 할 정도였다.

목이 없는 시신을 마저 찾으려고 다른 잠수부를 구해 술을 한 잔 먹여 내려보냈는데, 시신은 이미 바닷물에 떠내려가 버렸고, 결국 서울 가족들은 목만 가져가서 초상을 치렀다고 한다.

3년 정도 지난 후, 어느 날부터인가 비가 부슬부슬 내리고 달도 없는 어두운 밤, 자정이 넘으면 동네 도랑 옆 대밭에 있는 우물가에 목 없는 처녀 귀신이 서서 우물을 내려다본다는 이야기가 들렸다. 그런 이야기를 들을 때면 눈물이 찔끔 나와 엄마와 누나의 치마폭에 얼굴을 묻고 두 손바닥으로 얼굴을 가리곤 했다. 그렇게 한참 있다가 손가락 사이로 아직도 처녀 귀신이 우물가에 서 있는지 확인한 후 다시 엄마에게 훌쩍거리며 달려가 목 없는 처녀 귀신이 어디로 갔느냐고 물었다.

대나무 숲 우물가 바로 앞에는 초가집 한 채가 있었는데, 술고래인 사촌 형님의 친구가 살았다. 비바람이 부는 날 자꾸 우물에서 흐느껴 우는 소리가 나서 이불을 뒤집어쓰고 찢어진 창호지 문틈으로 슬쩍 보니까, 하얀 천을 목이 없는 곳까지 덮고, 목이 없는 곳에서는 하얀 김이 모락모락 올라오고 있었다고 한다. 우는 소리가 어허, 어허, 하는데, 우물에 비친 자신이 목이 없는 것이 슬퍼 우는 것 같았다고 한다.

깜깜한 밤에 비바람이 대밭을 스치면 대밭 속으로 휙, 날아가서 있고, 무덤에서도 귀신이 나와서 웅성거리다가 바다로 내려가서 물에 뛰어든 자리에 하얀 김을 일으키며 물속으로 들어가고, 비가 오는 날에는 또 우물가에 나타난다고 한다.

동네 가운데 무덤 옆 길가에는 소나무 네 그루가 있었는데, 한 그루가 길을 막고 비스듬히 누워 있어, 총각 머슴이 소나무를 톱으로 베다가 소나무가 넘어지며 총각 머슴의 목을 치는 바람에 목이 부러져 죽었다는 소문도 있고, 우리 동네는 이름도 거랑꼴새로 무서운 동네다.

초등학교 때 비가 오지 않는 어두운 날에도 묘지 옆 소나무 아래로 흙 돌길을 밟으며 도랑 옆을 지나려면 촛불을 종이컵 같은 고깔 속에 넣고 노래를 크게 부르고 오다가 촛불이 바람에 꺼지면 엄마아, 하고 울면서 정신없이 뛰어갔다. 귀신이 자꾸 내 뒤를 따라와서 목덜미를 잡는 것 같아서 죽어라 뛰어간 적도 있다.

산 위의 공동묘지 언덕에서 깜깜한 밤에 시퍼런 불덩이가 휙휙 왔다 갔다 하면 동네 어른들은 저것은 인불이라고, 사람 시체의 뼈 물이 굴러다니는 것이라고도 하고, 도깨비불이라고도 했다.

음력 7월 7일, 여름 밤하늘에 별이 있는데 상여가 귀신을 태우고 올라가는 것이 조금 있으면 보일 것이라는 엄마의 말에 무서우면서도 하늘을 바라보는데, 진짜로 소복을 입은 여자들이

상여를 매고 하늘로 올라가는 것을 보았다. 우리는 또 귀신 이
야기를 해 달라고 엄마에게 졸랐다.

대학병원의 귀신 이야기

옛날 대학병원은 일본식 목조건물로, 지하 1층, 지상 3층짜리 건물이 대부분이다. 지하 1층은 다른 부서와 함께 생체 실험 연구실로 사용하며 시체들이 유리관 속에서 해부 실험을 기다리는 순서로 나열되어 있다.

어느 날부터 밤이 지나고 나면 유리관 속의 시체에서 왼쪽 가슴의 허파가 파여 없어지는 무서운 사건이 일어난다. 이 사건을 발설하면 대학병원은 폐쇄되어 문을 닫아야 하기에 비밀로 하고, 의과대학 교수는 의대생 중에 신체 건강한 학생 한 명씩을 밤에 지하에 있는 시체 해부실에서 숙직하게 했다.

오늘 밤은 A라는 학생이 저녁에 3층 교수실에 가서 숙직 보고를 한 후 권총과 실탄 세 발을 넣고 지하 시체실로 가서 숙직하고 있었다. 밤 열두 시를 알리는 괘종시계 소리가 뎅뎅, 하고 열두 번 치자, 바람이 휙 불며 창문이 심하게 흔들리고 커튼이 휘날리고 병원 내의 전등불이 모두 꺼졌다. 깜깜한 암흑 속에서 3층에서부터 무엇이 뚜벅뚜벅 나무 계단을 밟고 내려오는 소리가 점점 가까이 들려왔다.

A 학생은 권총을 들고 책상 밑에 숨어서 현관문을 주시하고 있었다. 검은 그림자의 귀신이 지하실 마지막 계단을 내딛는 순

간 다시 바람이 휘몰아치더니 어둠 속에서 현관문이 '철컥' 하고 열리는 순간에 검은 그림자가 쑥 들어오며 "오늘은 너의 허파를 먹어야겠다, 이놈!" 할 때 아아, 우리는 한 손으로 좌측 폐를 움켜잡고, 한 손으로는 눈을 가리고 엄마와 누나의 치마폭에 묻히었다.

지금도 섬뜩한 것은 엄마가 손톱을 오그려서 귀신 손톱같이 우리 가슴에 댔기 때문이다. 우리는 울면서 엄마가 밉다고 엄마를 때리며 투정을 부렸다. 그러면서도 왼쪽의 폐가 있는지, 귀신이 파먹지는 않았는지 확인했다.

아침 일찍 의과대학 교수님과 몇몇 학생들이 시체실의 문을 열고 들어가 처참한 광경을 목도하게 된다. 다음 날도 의대생 중에 제일 건강하고 덩치가 큰 학생이 숙직하였는데, 마찬가지로 왼쪽 폐가 파인 채 처참한 모습으로 죽어 있었다.

더 이상은 숙직 지원자가 없어 교수와 의대생들은 이 대학병원을 폐쇄하기로 결정했다. 그렇게 귀신의 이야기가 미궁으로 빠지려 할 때, 의대생 중에 몸은 허약하지만, 성적이 가장 좋은 학생이 숙직을 자처했다. 교수는 병원을 폐쇄하더라도 폐에 관하여 최고의 명의가 될, 어쩌면 노벨 의학상을 탈 수도 있을 정도의 능력을 지닌 학생을 희생하는 것은 아니라고 생각하여 거절하였다.

교수의 수제자였던 이 학생은 이렇게 말한다. "사부님, 폐에 대한 최고의 명의가 될 자가 어떻게 폐에 관한 이 문제를 미궁으로 감추고 명의가 될 수 있겠습니까. 평생을 마음의 죄인으로 명예를 얻어봤자 무엇이 좋겠습니까. 폐 의학에 오점을 남기면서 가는 것은 죽는 것보다 싫습니다. 차라리 폐의 이 미스터리를 제가 알고 죽는다면 저는 저승으로 갈 때 마음이 편하겠습니다. 그러니 죽음을 택할 수 있게 허락해 주십시오." 하고 간청하여 허락을 받아냈다. 역시 명의의 간판은 명의의 죽음에 도전하는 자만이 가질 수 있다.

하늘이 내려준 '명'자는 아무나 얻어지는 것이 아니메!

명의, 명인, 시인, 예술가, 노벨상 수상자, 대통령 님도 하늘이 내린 사람이라고 하던감요.

요 또라이 무명 시인도 조맹이는 살아서 '군자는 운명을 피해 가지 않는다. 운명에 도전하는 것이다.' 요로코롬 멋진 말을 시부런거린다요. 죽음! 죽고 사는 것도 나의 운명이요, 하늘의 뜻이다. 요로콤만 알고 있어도 이 세상 살아가는 데 말로만 한결 수월하제. 암만! 세상에 겁날 것이 무어야 있으메 다 하늘의 뜻이고 내 운명인데요.

오늘 새벽 4시 MRI를 찍으러 밤에 나가는 새벽 공기가 제법 서늘하고 좋다. 나는 침대에 누워서 복도로 끌려가는 마당에 동의보감의 허준과 허준의 명 사부님이 산청군 지리산 자락의 산속 약초 캐던 곳에서 허준이 명 사부님의 배를 가르는 모형을 보았다.

산에서 작은 돌덩이 동굴 속에서 의료기라곤 없는 그 척박한 시절에 산속 돌 동굴 속에서 하늘이 놀라 버릴 수술을 했던 곳을 보며 눈물이 찔끔 나왔다. 내 사위와 큰딸이 아버님, 어머님 여기 오신 기념사진을 찍으라고 하도 권하기에 차마 허준의 명의와 그 명 사부님 앞에서 내가 폼 잡고 기념사진 찍을 마음이 안 생긴다.

또 권하기에 나는 다시 동굴 속 두 분을 보며 예를 올리고 내 아내에게 기념 촬영이 아니라 이 나라의 역사에 정신적 명의 두 분을 뵈었다는 표시로 사진을 찍는 것이라고 설명하고 웃지 말고 경건한 마음으로 사진 두 장을 찍어온 것을 복도로 끌려가면서 연상을 한다.

오늘도 어둠이 내리는 대학병원 3층 교수실에서 수제자는 숙직 보고를 하였다. 교수는 여느 학생과 똑같이 권총과 실탄 세 발을 장전해서 수제자에게 주었다. 수제자는 권총을 도로 내밀며 받지 않고 그 대신 교수가 지금까지 폐에 대해 연구한 기록을 모두 달라고 부탁을 해서 한 아름 안고 지하 시체 해부실로 갔다.

시체 해부실 책상에 앉은 수제자는 교수가 연구해 온 기록을 모두 읽어 나가기 시작했다. 기록을 다 읽어갈 때쯤 기록에 이상한 것이 적혀 있었다. 그때 자정이 되자 괘종시계가 열두 시를 알리며 뎅뎅, 울렸다. 수제자는 차트의 갈피를 접어두고 덮은 뒤 왼쪽에 두고서 손을 얹고, 우측에는 메모지와 연필을 들고, 귀신인지 사람인지 적을 준비를 하고 그대로 앉은 채 현관문을 주시하고 있었다. 밤 열두 시의 마지막 괘종시계가 '땡!' 하고 끝남과 동시에 바람이 일어나고, 사물들이 덜그럭거리며, 전등들이 모두 나가서 대학병원은 암흑천지였다.

3층 교수실 같은 곳에서 목조 계단을 밟는 소리가 뚜벅뚜벅 내려오고 시체 해부실 앞 계단에 검은 그림자가 슥 스치며 문이 덜그락거리고 젖혀지며 시커먼 그림자의 손톱이 좌측 폐에 길게 들어오며 '억!' 하자 어린 우리는 기절초풍하며 '엄마야!' 하고 울며 엄마와 누나의 치마폭에 묻힌다.

수제자가 가슴의 폐를 활짝 열어 내밀며 그래, 오늘은 내 폐를 먹으라고 주며 그 대신 네가 귀신인지 사람이 변한 것인지를 밝히라고 하자, 갑자기 전등불들이 훤하게 들어오고 귀신은 온데간데없이 흔적도 없고 대학병원의 밤은 고요히 지난다.

어린 우리는 엄마의 손톱이 귀신 손톱이 되어 내 왼쪽 폐에 닿았던 것이 그렇게 섬뜩하여 투정을 부리며 옷소매로 코를 닦아 반질반질해진 옷소매로 눈물을 닦으며 '그다음에는 어떻게 되었는데?' 하며 또 물었다.

수제자는 조금 남은 차트를 다 읽고 덮어둔 뒤 아무 일 없었다는 듯이 앉아 있었다. 아침 일찍 교수와 의대생 친구 몇 명이 시체를 치우고 초상을 치를 준비를 하고 지하실로 왔다. 그런데 수제자가 책상에 앉은 채 엷은 미소를 띠고 있지 않은가. 교수와 친구들은 수제자가 죽어서 벌써 귀신으로 나타난 것인가 하고 역시 공부를 잘하는 학생은 죽어서도 귀신으로 빨리 변하는 것인가 싶어 친구의 볼을 꼬집어보며 기뻐하며 좋아한다. 친구들이 어떻게 된 것이냐고 꼬치꼬치 묻는데도 수제자는 아직 미스터리가 풀린 것이 아니니 보고만 있으라고 말했다.

그렇다. 어느 분야든지 깊이 연구하고 공부에 집중하는 학생은 말을 많이 하지 않으며, 특히 말을 앞세우지 않는다. 말이 많고 말을 앞세우는 사람은 실속이 없고 허풍으로 산만한 사람들이다.

어둠이 깃들자 수제자는 다시 3층 교수실에 가서 오늘 밤도 숙직하겠다는 보고를 드렸다. 교수는 책상에서 권총과 실탄 세 발을 장전해서 수제자 앞으로 밀며 오늘 밤은 숙직을 생체 실험실이 아닌 여기 이곳 교수실에서 할 것을 명령했다. 수제자도 무언가 교수가 의심이 가고 교수실 방에 약간의 피비린내가 나는 것 같은 데다 귀신이 내려오는 발자국 계단을 밟는 소리도 3층에서 내려오는 등 이상해서 오늘 밤 숙직 중 교수 주위를 살펴볼 짐작을 하고 있었는데 마침 잘되었다고 생각했다. 교수는 그동안 일어난 일들을 수제자에게 하나하나 설명을 해 나간다.

"허파의 생김새와 어디에 붙어 있는지와 크기와 허파에 대한 모든 기록이 차트로 완성 단계에 이르렀는데 마지막으로 어떤 맛이 날까 그것을 연구하다가 폐를 먹게 되었고, 어느 날부터 자정이 되면 몸에서 혼이 빠져나가서 사고를 치고 돌아오는데, 이것은 인간의 힘으로는 억제가 안 되는 것이란다.

이제 종결할 때가 되었음을 너를 보고 깨달았다. 나의 욕심으로 하루를 더 살면 더 깊은 죄를 짓게 되고, 더 깊은 지옥으로 간다는 것도 알고는 있었지만, 생에 애착을 가지고 있는 나의 욕심으로 또 하루를 산 것이 안타까움이었다. 이제 다행히 나의 분신인 수제자가 있음을 이제야 깨달았다. 나의 분신이 나보다 더 훌륭한 폐의 명의가 되어 인류의 고통인 전염병을 없애주고 노벨 의학상을 수상할 것을 생각하니 이제 죽음이 이렇게 아름답고 소중하구나. 행복한 죽음은 생보다 더 멋지구나."

교수님이 마지막으로 수제자를 한 번 품 안에 안자 제자와 스승의 눈에 반짝 이슬이 맺혔다. 교수님은 유서를 쓰고 모든 것을 수제자의 앞길에 돌다리를 놓을 듯 써놓았다. 자정이 다가오자 교수님은 수제자에게 말했다.

"신이 이 삼라만상을 창조하실 때 독이 있으면 해독제가 반드시 있게 만드셨다. 악이 있어야 선이 있고 어둠이 있어야 빛의 밝음이 있듯이 문제가 있으면 분명히 명확한 답도 이 세상에 내어놓았다. 우리 인간이 얼마나 공부하고 연구해서 찾느냐 그것은 인간의 항상 추구해 나가야 할 의무다.

그래서 내 몸에서 빠져나가는 혼을 막는 길은 자정의 괘종시계가 열두 시에 '뎅뎅' 하고 열두 번이 끝나는 순간부터 3초, 귀신이 만들어지려 할 때 총알로 나의 가슴을 향해 세 발을 3초 안에 쏘아야만 한다. 1초가 빨라도 1초가 늦어도 실패하는 것이니 명심하여라."

사부님은 교수님 책상에 앉은 채로 있고, 수제자는 교수님에게 큰절을 세 번 올리고 교수님 앞 의자에 권총을 들고 앉았다. 자정을 알리는 괘종시계는 왜 이리 더디게 가는지. '뎅뎅' 하고 열두 번이 울리고 순간 탕, 탕, 탕, 세 발의 총성이 울렸고, 대학 병원 의과대학의 귀신 이야기는 끝이 났다.

내 침대는 고요한 복도를 지나 MRI실에 인수인계가 되었다. MRI 고것 참! 병원 검사 기계 중에 최고 왕이라고 안 하나잉. 검사비도 아마도 어마어마하게 비싸다 이 말인기라잉! 그것참, 돈하고 나하고는 무시기 철천지 원수를 졌나, 내 전생에 돈의 할아버지 무덤을 파헤쳤나, 돈을 좀 벌라치면 나를 죽음으로 내몰아 그렇게 말종으로 대할 것이 무어에 있남. 나는 돈을 그렇게 애지중지 사랑하는데 이제 나이도 먹고 돈을 사랑할 힘도 없는데 어이하면 내 업보를 더 닦을랑가.

나는 MRI 전문의에게 인수되었다. 의사는 이름과 생년월일을 물어보더니 대뜸 조수와 나에게 '멀쩡히 보이는데 왜 왔지?' 한다. 참 기가 찬다. 오늘 새벽 공기 마시고 취했나? 죽음으로 오 라잇인지 저승 문 앞에서 빠꾸, 오라잇 하느냐 생사가 걸린 환자에게 '왜 왔지? 멀쩡해 보이는데 왜 왔지?' 하면 지금 내가 꾀병을 부리고 있는 것이여 무엇이여. 이러는 병원은 조선 천지가 아니고 대한민국에서는 없을 것이다.

두 번이나 생년월일과 내 이름을 복창하고 그래도 못 믿어서 조수에게 간호실에 올라가서 이 환자가 맞는지 알아보라고 했다. 우야꼬, 마! 요상스럽게 돌아가고 있지아루잉! 이럴 땐 내가 침대에서 벌떡 일어나서 '아니 내가 여기에 왜 왔찌롱! 오캘로 아임마 쏘리 땡큐베리메취 알라브유~ 바이~ 바이~' 하고 걸어서 나와야 고것이 쭉새가 쪽쪽 뽀빠이 하는 건데 우찌 하라우! 잉!

MRI 전문의가 보기에 내가 멀쩡해 보이는 이유가 딱 한 가지 있기는 하다. 내가 예전에 알고 있는 한 여자는 동양의 정신 한라산의 한란 꽃 같은 여자다. 난은 뿌리가 거의 다 썩어가도 잎은 푸르다. 난의 꽃은 혀를 내밀듯 가로지기와 닿았다. 성격은 클레오파트라 같고, 중국의 달기와 양귀비, 미국의 메릴린 먼로와 같이 야스러운 여자다. 그래서 중국의 선비들은 난을 좋아하고 난 꽃의 향기에 취한다. 이 여인이 지키는 세 가지.

① 남 앞에서는 절대로 손으로 코를 만지거나 풀지 않는다.

② 남 앞에서는 약을 먹는 모습을 보이지 않는다. 자기의 아픔을, 그런 모습을, 남들이 좋아하지 않는 것을 보일 필요가 없다.

③ 남 앞에서 아픔을 말할 때도 인상을 쓰거나 얼굴을 찡그리고 말하지 않는다. 행동은 자연스럽게 과감하면서도 자기의 자존심을 망각하지 않는 여자다.

야스러운 이 여인은 몸이 아파서 병원에 갈 때도 여느 때와 똑같이 야한 화장을 하고, 은색 치마에 연분홍 저고리 한복을 입고 병원에 갈 때도 있다.

병원 의사 박사 앞에서도 아픈 인상을 찡그리며 말하지 않고 미소로 어디가 아파서 왔다고 말한다. 의사의 입장에서 같은 병으로 병원에 온 환자가 인상을 찡그리고 아픈 곳을 말하는 사람과, 아파도 미소로 어디가 어떻게 아파서 병원에 왔다고 하는 사람의 치료가 다를까요? 어떤 것이 좋을까요잉!

나는 이 여자의 좋은 점을 본받아서 이 병원에서도 교수님이나 여의사 선생님 앞에서도 가능한 한 미소를 띠려고 노력하고 있는데 MRI 전문의는 미소 짓는 나를 보고 멀쩡한 사람으로 보았나 보다.

조금 후, 조수가 돌아왔다. 간호실에서 장용득 환자가 맞는다고 했고, 암의 합병증이 있는지 뇌까지 세밀하게 들여다보아야 한다는 교수님의 지시가 있었다고 한다. 그제야 MRI 전문의와 조수가 침대로 환자를 올리고 준비를 한다.

나는 평소에 2년 전부터 간암과 폐암일 것으로 추측하며 살아왔다. 화장실에서 핑 돌며 고꾸라져 타일 모서리에 눈이 찢어져 피가 날 때 뇌에도 약간의 출혈이 있지 않을까 생각을 하고 있었던 것은 지금도 뇌가 머리통이 찡하고 멍멍하고 무겁고 아파서인 듯하다.

MRI 검사가 늦어진 이유는 위점막 출혈이 생명을 위협했기 때문에 그곳부터 치료해야 하기 때문이란다. 나는 MRI 기계 침대로 부축을 받으며 옮겨 탔고, 의사가 바로 조수에게 그 시간에 퇴근하라고 하는 것을 보고 MRI 촬영은 혼자 해도 되는 것인가, 생각했다. MRI 굴속으로 들어가기 전에 예행연습을 할 것이 있다며 잘 따라해 보란다.

"내 말 들리지요! 숨을 쉬세요. 숨을 크게 들이마시고 반만 내쉬며 숨을 멈추세요. 두두두두 소리가 나면 10초 13초 후 숨을 쉬세요. 한 번 더 반복해 보겠습니다. 됐습니다. 이제 들어갑니다."

잘 따라하면 40분 정도에 끝나겠지만 잘못하면 시간이 더 걸린단다. "진동 소리 때문에 귀마개를 해도 말은 잘 들리니까 잘하세요." 하며 의사는 MRI 기계를 가동하고 나는 토끼 굴로 밀려 들어갔다.

꼭 자동차 자동 세차장같이 '우웅' 하는 소리가 요란하게 나고 물만 쏟아붓지 않지 자동차 세차장 같았다. 웅장한 소리에 귀마개를 씌운 이유를 알겠다. 촬영 전에 등판때기를 아래 척추부터 깔고 위쪽으로 올라오며 간 쪽에 신경을 쓰고 찍는 것 같고, 뇌까지 올라오며 찍고 판때기를 이동시켜 내려가면서 다른 각도에서 또 찍는가 보다.

'웅' 하는 소리와 뚜뚜뚜뚜 하더니만 귀에서 "내 말 잘 들리시지요? 이제 시작합니다. 숨을 크게 들이마시고 내쉬며 멈추세요." 두두두두 두두두두 두두두두 두두두두. "숨을 편안히 쉬세요." 이렇게 계속 반복하며 뇌까지 찍으며 올라왔다. MRI 촬영 때는 숨만 잘 참으면 잘 되는 것 같다.

나는 숨을 참는 것은 자신이 있다. 어릴 적 초등학교(국민학교) 5학년 때부터 해녀들과 함께 바다 밑으로 잠수해서 해조류, 도박, 천초, 돈도바리 등을 뜯어서 말려 팔면 내 밥벌이는 내가 충분히 했다. 바다 밑으로 잠수할 때 숨을 참는 습관이 되어 있기에 요깟 MRI 촬영이야 아프지도 않고 식은 죽 먹기보다 쉽다.

MRI 기계가 나의 뇌를 촬영한단다. 나의 뇌는 뒷곰배로 뒤통수에 뇌가 보통 사람들보다 더 깊은 곳에서 더 깊은 생각을 더 많이 하고 있는 나의 뇌를 MRI가 먼디 검사를 한당가.

어쨌거나 비싼 돈 들여가며 촬영한다니게 첫 작품이 기왕지사 다홍치마로 잘 박혀 나왔으믄 좋은데 어찌해야 할꼬! 원체 사진발이 고무 빨래판같이 나와 슬라믄잉! 그래도 나의 뒷곰배의 뇌가 멍청하게 가만히 있으믄 MRI인가 고것이 얕잡아보겠지라우잉!'

상술! '암만! 뇌가 멍청하게 가만히 두면 자꾸 멍청해졌어. 나중엔 돼지 꿈속에서도 콧방귀 뽀록뽀록 올리며 꿀꿀이 짬밥 통만 생각한다 안 카나!' 해서 밤하늘의 별을 세어 보든지 구구단이라도 외워라 안 하믄요잉!

나는 그동안 연습이 부족했던 아르젠틴 탱고의 루틴을 외워 보기로 했다.

1. 루틴 - ① 우노 ② 도스 ③ 뜨레스 ④ 꽈뜨르 ⑤ 씽꼬
　　　　⑥세이스 ⑦ 씨에떼 ⑧ 오초

2. 루틴 - 오초 스위블 & 볼레오 & 론데 딥

3. 루틴 - 데레차 히로 & 바이클 오초 & 바리다

4. 루틴 - 알렌 프런처 & 까리스타 & 홀라멩코

5. 루틴 - 깐비오 후렌떼 & 메디아루나 & 사까다간초

*아르헨티나 탱고는 2/4박자이며 악기는 통상 4중주로 구성되며

① 아코디온 ② 피아노 ③ 바이올린 ④ 첼로 등 음률은 고향 실향민의 향취가 느껴지며 그들의 애환이 담겨 그리움! 고향의 연인을 끌어당기듯 강렬하면서도 부드러운 애틋한 연인을 음미하며 품속에 안기듯 감미로운 사랑의 액션이다.

라스트 8초의 액션은 연인과 함께 죽음으로 강렬함에 숨죽였다가 깨어나는 댄서들에게 기립 박수갈채! 멋진 스포츠 댄스의 탱고다.

MRI 기계는 나의 뒷곰배의 뇌를 촬영하고 있고, 나는 아르젠틴 탱고의 5루틴에서 〈사까다 & 간초〉를 하고 있다. 사까다-여 댄서가 남자의 다리 사이로 다리를 깊숙이 집어넣고 간초-여 댄서가 남자의 허벅지 위로 집어넣은 다리를 걸어 올리면서 낭심 아래쪽을 탁 차버린다. 이때 MRI 기계는 입구 기둥 같은 데서 불이 깜빡거리고 계속 두두두두 두두두두 소리만 내고 있다.

내가 그럴 줄 알았다. 나의 뒷곰배 뇌를 MRI 고것이 이길려고 무대뽀로 빠락빠락 대들면 안 되지. 고것이 하는 소리를 들어보랑께! 두두두두 두두두두 하는 소리가 '에라 나도 모르겠다, 에라 나도 모르겠다' 하는 소리가 MRI 굴속에서 얼마나 우습던지. 굴속은 에어컨이 작동이 안 되어서 더울 거라고 전문의가 조금만 있으라고 하는데 얼마나 우습던지 참으려고, 참으려고 하다가 에라, 나도 모르겠다고 나도 웃음을 터지고 말았다. 의료기의 왕 꼴이 말이 아니다. 참 희한한 MRI 검사를 다 받아

본다.

새벽의 스산한 병원 MRI 기계 속에 나 혼자 넣어두고 전문의는 바깥으로 나가서 결국 다른 사람을 데려와서 고치는 것 같았다. 기계는 다시 정상 작동이 되었고, MRI 전문의는 "다시 시작하겠습니다."라고 했다. 숨을 들이마시고 내쉬며 멈추고 두두두두 두두두두 이렇게 내려가면서 의사는 촬영을 하고 "이제 끝났습니다. 잘하셨습니다." 하고 칭찬해 주었다. 내 침대는 6층 병동으로 돌아왔다.

눈 속의 안개꽃

겨울의 희뿌듯한 새벽
강원도 문막 산소에 가는 길이다
하늘에선 어둑틱틱한 눈이 내리고
내리 덮인 산하가 흐릿하다

강가엔 하얀 입김이 피어올라
물안개가 자욱한 속에 눈이 내린다
강둑에는 잎도 없는 수양버들 나무들이
가지마다 물안개가 피어올라 눈꽃을 피우고
눈 속의 안개꽃이 영글었다고 하마터면
소리 지를 뻔했다

봉고차에 여럿이 차를 타고 가는데도
차 속엔 내가 없다

휙휙 회오리바람이 일어나고 백석의 가루가 휘 뿌려지는데

저 먼 들녘의 밭둑 위에 바바리 깃을 세우고
쓸쓸히 홀로 서 있는 자가 나이리라
저승과 이승의 이정표에 눈이 뿌리고
삭풍이 내 주위를 휩싸 감으니 아, 이 겨울은 쓸쓸하게

아름답다.
저승의 길목에서 눈 속의 안개꽃에 휩싸여 헤매다가 길을
잃고 영원히 이승을 못 찾아오면 어떡하지.
눈발의 삭풍을 맞으며 바바리 깃을 세우고
밭둑에 홀로 외롭게 서 있는 겨울 나그네
저 사나이가 아름답지 않느냐
눈 속의 안개꽃이 영근 겨울의 강가에서

새벽 4시 30분쯤, 아직도 대변과 소변에 피가 조금씩 떨어져 있으니 위에서 출혈이 멈추지 않고 있단다. 당뇨가 있어서 그런 걸까. 지금은 간과 폐에 신경을 써야 할 텐데 절망의 그림자가 드리우고 있는 것일까.

아침 8시 30분, 교수님의 오전 회진이다. MRI 검사 결과는 4~5일 후에 판결되고, 오늘 또 위내시경을 해야 한단다. 출혈이 멈추지 않고 있으니 약한 부위를 끌어올려서 스테이플러로 집어 놓는 초음파 클립 시술을 해야 한단다.

클립 시술은 끌어올린 만큼 위가 줄어들더니 위가 당기고 완쾌하는 데 시일도 오래 간단다. 그래도 옛날 같으면 수술을 해서 잘라내고 꿰매야 하던 것이 요즘은 초음파 클립 시술로 간단하게 하고 있단다.

토요일이라 교수님이 오전 진료인데, 환자가 너무 많은 것 같은데 그래도 맨 뒤에 12시가 넘어서야 클립 시술을 직접 해 주셨고, 세 곳을 집어 놓았단다. 그 후에 클립 시술한 사진을 보니 옛날 토종 벌집 흙 탑 위에 볏짚으로 고깔을 씌워 놓은 것으로 첨성대같이 나란히 세 개가 서 있는 것을 보았다. 세월이 가면 볏짚 고깔은 자동으로 떨어져 나갈 거란다.

교수님은 먼저 가셨고, 여의사 선생님에게 앞으로 진료 스케줄이 어떻게 되어 가느냐고 내 보호자가 물어보았다. 여의사 선생님은 오늘 위 클립 시술한 곳에 출혈이 멈추어야만 다음 단계 진료로 들어가는데 어제 MRI 검사에서 교수님의 결과가 나와 봐야 알겠지만 현재 90%는 간암인 것 같으니 마음의 준비를 조금은 하고 계시는 것이 좋을 것 같다고 말씀하신다.

결국 올 것이 왔구나, 간암이란다. 여의사 선생님이 90% 간암일 것이라 했으니 그것은 100% 간암임을 준비하고 있어야 한다. 단 1%에 교수님에게 기대를 거는 것은 아마도 생에 대한 미련 때문일 것이다. 마음을 담담하게 먹으려고 다스려보지만, 바닷가에 모래성을 쌓으면 하얀 파도가 밀려와서 무너지는 모래성 같았다.

간암! 죽음! 참으로 다행하고 반가운 소식이다. 내 병은 이미 2년 전부터 간암과 폐암일 것으로 추측하고 한 달 한 달 파스를 붙이며 버텨 왔다. 아픔에도 병원에 가지 못한 이유는 딱 두 가지다.

첫째는 가게를 오전만 비워도 몇만 원의 손해가 나고, 5일만 비우면 가계가 적자가 나 가족들이 생활하기가 어렵기 때문이다. 둘째는 학원 겸 식당을 하는데 만약 폐병이라면 그날로 내 가게는 문을 닫아야 하는데, 3억이 넘게 들어간 가게를 포기할 수는 없기 때문이다.

그때부터 권리금 1억이라도 건지려고 무진장 애를 쓰고 발버

둥을 쳐봐도 안 됐다. 가게 문을 닫을 수도 없고 내 몸이 아파도 아픈 내색도 못 하고 나는 어찌하란 말이냐.

운명이 주어진 날까지 한 푼이라도 건지려고 노력하다가 죽어도 병원에는 못 가고 안 가고 어쩌다가 병원에 실려 가게 되더라도 3개월 안에 죽음을 원하며 버텨 왔다. 죽음의 아픈 고통이 오면 진통제와 독한 술로 견디며 빨리 가야지.

간암이라니 이 얼마나 마음의 안식이 되는가. 우선 폐암이 아니니 몇몇 조문이라도 오는 사람들에게 혐오감을 주지 않으니 내 자존심에 상처를 주지 않아서 좋다. 두 번째는 위궤양 출혈과다로 죽거나 간 경화로 죽는다면 큰딸이 엄마 아빠 앞으로 10년 전에 암보험을 들어 놓은 것이 있는데, 암일 때만 1천만 원이 나오고 병원비, 입원비 나온다니 반갑고 고마운 암이 아니더냐.

암이 아니면 10원도 안 나온다고 했으니 이제 당당하게 내가 간암이 맞지룡, 하고 혓바닥을 내밀며 '메롱, 용용. 나 잡아 봐라! 놀고 있네.' 해도 되겠지~룡!

암일 때만 암보험 회사에서 1천만 원과 병원비, 초상 비용도 나온다니 이 얼마나 다행한 일인가. 반갑다, 암아. 이제야 아비로서 마음이 좀 풀리는구나. 지지리도 재수 없는 사나이 뒤로 넘어졌는데 앞의 코가 깨지는 못난이.

암이 아니었으면 자식들에게 돈 한 푼 물려줄 것 없는 아비가 죽음에 가면서까지 빚까지 물려주고 가면 안 되지. 자수성가, 옛말이여! 부모 재산 없어지면 자식들은 험난한 세파에 시달리며 사는 기여, 이 원수야!

그러게 능력도 없는 자가 장가는 지랄 났다고 가고 지랄은 지랄이야. 인간이면 자기가 저지른 일은 끝까지 책임을 지려고 노력하는 것이 사람이제, 암만!

나도 왜 이러는지 모르겠다. 태어나서부터 지금 죽음 앞에서까지 삶에 최선을 다했고, 남들보다 몇 곱절을 더 노력했고, 평생을 일요일 한 번 안 쉬고 죽기 살기로 노력하고 살아왔건만 왜? 왜? 왜? 끝에는 꼭 식초를 뿌려서 숨을 죽여 놓는지 이해가 안 간다.

나의 무능으로 돌리기에는 나의 뒷곰배 뇌가 너무 억울한 누명을 씌우는 것 같다. 차라리 모든 것은 나의 운명이고 나의 팔자소관으로 돌리고 운명아, 나를 네 마음대로 죽이든지 살리든지 네 것이니까 네 마음대로 하려무나. 언젠가 내가 이 세상의 애착을 끊고 나면 나야 먼지 한 톨로 돌아가면 그것이 나의 본이지 않겠느냐. 그런데도, 그런 줄 아는데도 나는 이렇게 애착에 몸부림치고 있는 나 자신이 밉구나.

20년 전, 영등포 내 가게만 해도 그렇다. 망해 가는 가게를 권리금을 달라는 대로 다 주고 인수해 들어갔다. 사람들은 가만히 있으면 몇 달 안 가서 문을 닫고 나올 가게를 뭐 하러 돈을 달라는 대로 다 주고 들어가느냐고 말했지만, 나는 이 가게가 꼭 마음에 들어서 그렇게 했다. 지하 1층 60평을 보증금 4천만 원, 월세 180만 원, 권리금 8천만 원에 들어갔다.

나에게 가게를 팔고 넘긴 놈이 자기 가게의 약점을 빤히 알고 매달 10만 원씩 주지 않으면 경찰서로 신고하겠다고 해서 매월 10만 원씩 당당하게 받아갈 때 영업하는 주인의 자존심은 어찌해야 하남요. 아무리 장사는 간 쓸개 다 빼놓고 하라고 했지만 이건 너무하는 것 아닌감유!

다른 사람의 힘을 빌려서 해결하면 술값이 더 많이 들어가고, 그다음에 그놈이 눈치를 채고 신고하면 내 가게는 이래저래 손해날 것이 빤하고 속수무책이니 어찌해야 하남요.

내 영업장 1층 부동산에서 매일 종일 진을 치고 고스톱 판돈이 떨어지면 내려와 내 손님들에게 인상을 쓰면서 분위기를 험하게 만들고 다음 달 것, 그다음 달 것을 가불해 달라고 하니 인상 안 쓰고 험악한 분위기를 잡지 않아도 줄 텐데 양아치 제1조 1항에 그렇게 하라고 나와 있나 보지요. 건물 주인 제1조 1할, 수틀리면 원상 복구하고 나가면 되지 않느냐. 부처님, 하나님 이럴 때 어떻게 해야 되남요. 한 말씀만 좀 해 주세요.

신고가 들어가면 경찰서에서는 무조건 현장에 나와야 한대요. 1차 신고 때 벌금 3백만 원 혹은 영업정지 15일, 2차는 영업정지 1개월이니 여러분, 제가 어떻게 해야 되남요?

하나님도 부처님도 여러분도 내가 손해나지 않고 자존심 조금 살릴 수 있는 방법을 모른다면 결국 나는 악한 생각을 하지 않을 수가 없었다. 완전 범죄. 쥐도 새도 모르게 증거 하나 없게 나 혼자 단독으로 한다. 나는 전과자도 아니고 그놈은 영등포

양아치로 맞아 죽을 짓을 많이 하고 다니는 놈이다.

그는 매일 비가 오는 날에도 어둑해서야 내 가게 뒷골목 으슥한 곳을 지나서 집으로 간다. 걸음도 기우뚱기우뚱 천천히 걸어가는 꼴이 혈압도 있고 나이도 있고 병들어 보이는 것이 뒤를 돌아보지 않고 걸어가는 것을 탐지하였다.

지문이 검출되지 않게 공사판 흙 묻은 장갑을 끼고, 옷도 어두운 색으로 입고, 모자와 마스크를 하고, 비 오는 어두운 날 골목 뒤에서 차돌을 뒤통수로 던져서 맞으면 그놈은 죽든지 병원에 가 있으면 내 가게는 못 오겠지. 그때는 CCTV도 없는 시절이라서 완전 범죄가 됐겠지.

이 생각을 단단히 하고 며칠 준비를 하는 동안 왜 내 마음이 떨리고 콩닥거리는지…. 밤이면 별의별 망상으로 잠이 오지 않고 내 몸의 피가 마른다. 내가 던진 주먹만 한 돌멩이에 뒤통수를 맞아 피가 터지며 '윽' 하고 쓰러져 뒹구는 그놈의 환상이 떠오르고, 그다음 일어나는 환상들이 내 쪽으로 완전 범죄로 쥐도 새도 모르게 했다고 해도 하늘이 알고 땅이 알고 나의 뇌가 기억하고 심장이 보고 있으면 평생 죄인으로 살인죄로 살아가야 할 이 일을 우찌해야 할꼬!

영등포 이 가게 건물 주인만 해도 그렇다. 지하 1층 60평 실평수 40평, 보증금 4천만 원에 월세 180만 원. 온 나라가 IMF 불황이라서 다른 건물 사장님들은 임대료를 20~30만 원씩 다 깎아 주는데, 우리도 가겟세를 내면서 좀 깎아 주면 안 되겠느냐고 했더니 순식간에 얼굴색이 카멜레온같이 바뀌더니 건물주들 제1조 1항 원상 복구하고 나가면 될 것 아니냐고 했다. 영등포에서 알아주는 땅 부자가 얼굴색이 변하는 것을 보고 돈을 모으는 사람은 저래야 하는가, 싶었다. 나는 부자 될 자격은 이미 예선에 탈락이다.

10년을 하고 결국 권리금 1천만 원을 받고 나오니, 바로 내 후배가 들어갔는데 보증금 1천만 원에 월세 110만 원에 지금껏 하고 있다니 하나님, 부처님, 도대체 무슨 놀부 똥자루 심보에 억하심정까지 해서 내를 요로코롬 만들어야 속이 시원하남요.

지금 영업을 하고 있는 당산동 건물 가게도 그렇다. 그때 영업을 하고 있던 사람이 보증금 다 까먹고 지하 1층 250평을 월세 490만 원인데 건물 주인이 월세 4백만 원에 하라고 했다. 그런데 내가 하겠다니까 월세 490만 원에 1원도 못 빼주니 알아서 하라고 했다. 5년을 하면서 가겟세를 6백만 원으로 올려주고 했는데, 6개월 전에 자기 처남인가가 스크린 골프장을 한다고 원상 복구 비용은 안 받을 테니 가게를 비우라고 했다. 내 돈 권리비 2억은 망개떡 사 먹은 셈 치기에는 살이 부들부들 떨리고 밤이면 잠이 올 리가 없어 피를 말린다.

하는 수 없다, 생각하고 옆에 있는 창고 1백 평을 얻어 공사를 다 했는데, 12일 남겨두고 그 작자가 못 한다고 해서 건물 주인이 두 개 다 하겠느냐고 해 두 개를 운영하였다. 지하 1층 350평에 보증금 6천만 원, 월 임대료 9백만 원, 부가세 90만 원이다.

공사비와 권리금이 3억이 들어갔는데 작년부터 내 몸이 아파서 보증금 1억만이라도 건지려고 부동산에 내놓았다. 부동산에서 권리금만 1억 5천만 원을 주겠다고 해서 건물 회장님은 만나주지도 않고 관리실장을 통해서 '권리금에서 저희는 1억만 갖고 회장님 쪽으로나 실장님 쪽으로 현찰로 5천만 원을 드리겠다'고 했더니, 건물 회장님이 내년 3월이면 10년은 했으니 이미 계약은 끝났고, 보증금에서 원상 복구 비용이 견적서에 4천만 원이 나왔으니 복구하고 나가지 않으면 보증금을 돌려줄 수도 없고 빨리 비우지 않으면 법으로 손해배상까지 청구할 테니 3월에 나가란다.

지금이 11월, 나는 병원에서 죽음과 생의 사투를 하고 있고, 3월이면 아, 나는 어떻게 해야 하나요. 내 돈 3억. 1억이라도 보증금마저도. 아, 신이시여, 나는 어떻게 해야 하남요.

나는 지금 억장이 무너지고 암담한데 부처님 하나님은 해탈했으니까 편안하고 초롱초롱 메롱메롱하니 참 좋으시겠습니다. 저는 천국이나 극락은 안 가도 좋으니까 어떻게 하라고 한 말씀 해보시래유!

그냥 콱 뒈져버리라고요? 내가 어찌 내 생목숨을 끊을 수 있남요! 내 목숨도 신의 것이니 신이 죽이든지 살리든지, 쪄 먹든지 볶아 드시든지 마음대로 하시라요!

그래, 너 말 잘했다. 그래서 너를 죽음으로 데리고 가려고 저승의 임시 정거장 병원에 잠깐 들러서 뭣 땜시 죽었는가 보고해야 하니까 수속 밟고 있는 거 아이가!

　시방 그 말씀 진짜유?

　암만, 그럼 진짜지.

　저, 그게 아니구요. 쬐끔만 더 살면 안 될랑가유잉!

　에고, 이 세상에 뭐 그리도 미련이 남았다고 저승보다 이승으로 자꾸 마음이 끌리니 나 자신이 밉다.

가족회의 비상소집

저녁에 우리 가족이 다 모였다. 여의사 선생님이 90% 암일 것이라고 한다면 그것은 100% 암이니, 대충 준비를 하라는 뜻일 게다. 그래서 나의 신조는 나이도 있고 몸이 너무 약해져 있으니 수술은 결코 하지 않겠다. 나를 조금 더 살리고 싶은 것이 자식의 마음이 아닌가 하지 말아라. 내가 생각한 대로 나를 편안히 두는 것이 곧 나를 위하는 것임을 알고 있어라. 내가 죽음에 가더라도 애달파하지 말아라. 없으면 없는 대로 너희는 너희가 열심히 살아가라. 다행히 암이라니 병원비와 장례비는 해결되었고, 화장해서 한적한 산자락에 뿌려 주고 죽음의 날짜도 기억하지 말아라.

3월 말에 내 가게가 종결되면 보증금 6천만 원에서 이것저것 제하고 대략 2천만 원은 줄 것이다. 우선 그것으로 아껴서 엄마 생활비를 하고, 지금 살고 있는 빌라 집값이 3억 5천만 원은 간다는데 아직 갚지 못한 은행 대출 빚이 4천만 원이 남았으니 은행 대출과에 가서 상담도 해 보고, 동사무소에도 가서 상담해 보고, 안 되면 변두리에 전세로 가더라도 너희들이 엄마와 상의해서 어떻게 잘 살아가다오. 평생을 일요일에도 한 번 못 쉬고 악착같이 열심히 살아왔건만 아빠의 무능으로 이것뿐이니 미안하다.

내 가족은 침통한 한숨과 눈물을 흘리고 있다.

동백꽃 사연과 예술가의 혼

동백꽃 꺾어 머리에 꽂고
밤새도록 까작까작 낙엽을 밟으며
돌아다니는 가시내가 있다
시인은 꿈속에서 산 어미가 죽어 '하' 애망해
가시내의 꿈 깨울까
그리도 슬피 울었다
까작 까짝 까자작 까자작 가을밤에
낙엽이 휘몰려 가는 소리에
시인은 미친 듯이 뛰어나가 동백꽃 머리에 꽂은
가시내를 찾아 밤새도록 헤매었다

어느 한 예술가의 생애가 뇌가 돌아
정신병원에 입원을 하고
자기 동맥을 끊고 자살하려고 빨간 피를 흘리고

그래서 동백꽃잎은 그렇게 그렇게
빨갛게 물들었나

동백꽃 머리에 꽂은 가시내는 오늘도
동백섬 바위에 앉아 먼 수평선을 바라본다
수평선에서 흰 구름 뭉게뭉게 피어오르면
서울로 간 우리 임 구름 위에 타고
금의환향하실런가
푸른 파도 위에 하얀 물갈기 밀려오면
연꽃 타고 나를 찾아 우리 임이 오시겠지

서울로 떠난 임 아직도 아니 오시고
기다림에 지친 가시내의 얼굴이 창백하다
가시내는 그리움에 목말라서
초저녁 선잠이 들었다

동백섬 하늘에 먹구름이 덮이고
빗방울 뚝뚝 떨어지기 시작한다
천둥 번개가 우르릉 꽝꽝 소리에
선잠에서 깜짝 놀라 일어나 정신을 차리고
임 오실 때 입으려고 장롱 속에 곱게 접어
넣어둔 옷 은색 치마에 연분홍 저고리

한복을 꺼내 입고 거울을 보며 몸단장한다
거울에 비친 햄쑥하게 여윈 모습이 부끄러워
빨개진 얼굴을 돌린다
동백섬 전체가 어둠이 짙어지고
하늘이 심상하고 파고가 노여워 일어난다
천둥 번개는 우르릉 꽝꽝 번쩍번쩍 내리치고
굵은 빗방울은 뚝뚝 떨어진다.

세차게 일어나는 파도 소리는 우리 임
날 부르는 노래일런가
빗방울 뚝뚝 낙엽에 떨어져 구르는 저 소리는
우리 임 내 뒤를 살금살금 다가와서
내 눈을 가리며 누구게, 하고 날 놀려 주려고
임의 발자국 소리를 나는 아는데

동백꽃 머리에 꽂고 은색 치마에 연분홍
저고리를 입은 가시내는
내리치는 빗속을 추적추적 추추적 추추적
비에 젖은 낙엽들을 발로 차며
동백섬 그늘에서 임과 사랑을 속삭였던
곳마다 찾아다니며 임의 향취, 임의 정을
느끼며 밤새도록 헤매고 다녔다

새벽녘 비는 내리고 무덤이 있는 곳
무덤 울타리를 동백 숲으로 우거진 곳에서
임의 품에 안기어 행복에 겨웠던
곳에 누워서 그날을 형상하며
덮어오는 하얀 구름 속 임의 모습에 행복한 미소를 머금고
미친 가시내는 밤새 비를 맞고 새벽에
동백 숲 아래서 추위에 얼어 죽었다

빗방울은 뚝뚝 동백 꽃잎을 때리고
동백 꽃잎에 떨어진 영롱한 이슬방울은
연분홍 저고리 옷고름이 풀어져 있는
미친 가시내의 엷은 뽀얀 젖가슴을 때리고

아아, 미친 가시내의 가슴은 그래서 저렇게
빨갛게 빨갛게 멍이 들었나
시인은 꿈속에서 산 어미가 죽어 하, 애망해!
가시내의 꿈 깨울까
그리도 슬피 울었다
아, 동백 꽃잎은 그래서 저렇게 빨갛게
물이 들었나

위장에서 출혈이 멈추었는지 몸이 좀 좋아졌다. 기저귀를 두 개나 차고 두 개는 시트에 깔던 것을 한 개씩만 차고 깔고 하였다. 일요일은 교수님 회진이 없고 여의사 선생님만 맑고 청아한 미소로 아침 인사를 했다. 오늘 점심부터 첫 식사로 미음이 나오고 내일 점심부터는 반 미음으로 식사를 하게 된단다.

중환자실에서 달고 온 주사액과 가슴에 붙인 고무로 된 심장 측정기도 청하니 마음이 가볍다. 제일 반갑고 좋은 것은 주사 대롱을 걸어서 내가 화장실에서 대소변을 볼 수 있다는 것에 이제야 똥오줌을 가릴 줄 아니까 사람다운 것 같다. 내일 다시 생과 죽음의 사투를 벌일지라도.

문득 글이 쓰고 싶어진다. 다목적 주사기는 왼팔에 꽂혀 있으니 오른팔은 움직일 수가 있기 때문이다. 아서라! 쓸데없는 일에 또 시간 낭비, 힘 낭비, 돈 낭비하지 말고 아서라 안 카나. '자기 자신을 알라' 소크라테스 성인님의 말씀을 하모 망각해 버렸나. 자기 자신을 몰라도 어느 정도여야지 이것은 안하무인 무식깽이 똥고집이라 안 카나.

떨거든 쓰지나 말지! 차라리 쓰면 약이나 되지. 도대체 말이나 되는 소리를 해야지. 문학, 좋아하고 있네, 옆집 개가 들어도 쓴 하품을 하고 가겠다.

어이, 아저씨. 고은탁 아저씨 말구! 장 할아버지, 제발 좀 참아 주이소예. 잉! 뭔 문학을 하고 소설을 쓴다고. 흠, 소설 같은 소리하고 자빠졌네. 그러니 개고생이 저 고생이지.

보라우! 국문학과 일류 삐까뻔쩍 대학 나온 사람들이 지천이여. 장 할아범은 간신히 초등학교 나온 사람이 띄어쓰기도 못 하지, 무슨 쉼표인지 기차표인지도 분간도 못 하지, '대'인지 '데'인지 '되'인지, 어디에 붙여야 되는 줄도 모르지잉! 그래도 아는 것이 한 개는 있다고 하니 고것이 무시기인가 하믄 돼지 '돼' 자. 하모 돼지 '돼' 자는 확실히 안다고 뻐기니 아주 인물 났네, 인물 났어, 그래.

TV 광고에 보면 '안 돼, 안 돼, 안 돼'가 나오는데 CF 이 작가는 '안 돼'의 유래는 알고는 있는 것이요 요로코롬 어~들하제 장 형의 말로는 '안 돼, 안 돼, 안 돼'는 애인이 팬티를 꽉 붙들고 죽어도 정조를 지켜야 여자로서 지켜야 할 도리를 확실하게 보여 주제.

헌데 장 형이 아는 이 아가씨는 다른 놈에게는 쉽게 쉽게 줄 거 다 주면서 진정으로 좋아하는 사람에게는 빼미작거리고 지가 뭐 요조숙녀인 척, 안 돼, 안 돼, 죽어도 안 돼유, 하다가 남자의 욕망이 안 되면 말아라, 너 아니면 여자가 없는 줄 아나? 너하곤 이제부터 이별인 기여, 하고 남자의 배짱으로 가야금 줄을 툭~ 땅~가당 쿵, 하고 튕기니까 그때 여자는 조선 시대 전조고 나발이고 잘나고 돈 많은 놈 놓칠세라 돼, 돼, 돼, 얼른 잡수세용! 허겁지겁 먹다가 조루증으로 여자 김새게 하지 말고 꼭꼭 씹어 드세요. 앙~ 잉! 지랄하고 자빠졌네, 이 뜻이여잉! 암만!

왔다메! 장 형, 이게 장 형 소설이요 창작이요 고전 음담패설이유? 돼지 '돼' 자는 확실히 아니께 나도 문학 한번 해볼랑께 말리지 말라우. 병신이 육갑을 떠는 사람은 병신 육갑이라도 떨어야제 수명이 길다 안 카나!

누가 말릴 것인가. 저 똥고집쟁이를. 나는 내 딸에게 노트 좀 두꺼운 것과 모나미 볼펜 세 자루를 사 오라고 했다.

내 영혼들아

문학! 32년 전에 시를 쓴다고 좀 껍죽거리다가 그만두고
지금은 죽음 앞에서 나의 내면 속에
잠재해 있었던 시혼들이 내 육체를 버리고
떠날 준비를 하고 있고

36년을 동고동락해온 내 삶의 춤의 예술혼도
차마 내 육신을 버리고 떠나가기가 그냥 떠나가기가 아쉬
운지
무지의 육신에 들어와서
예술로 승화되어 한번 날아보지도 못하고
가슴에 맺힌 한들이 응어리 되어

눈이 오는 겨울에 내 영혼들은
하얀 나비가 되어 떠날 준비를 마치고
아쉬움에 한판 굿판이라도 벌이고 떠나잔다.
바짝 마른 육신의 장작에 불을 피우고
활활 타오르는 불꽃 위에 창출의 시혼아
예술의 춤혼아, 어디 한번 한바탕 놀아 보자
춤을 추며 놀아 보자, 덩실덩실 춤을 추자
혼신의 힘을 다해 춤을 추며 눈물을 흘리자.

장작불이 꺼지고 굿판이 멈추면
허무한 마음 달래고 어르며
내 영혼들은 내 육신을 버리고
눈이 오는 겨울 속으로 하얀 나비가 되어
눈발 속으로 멀어져 가겠지….

내 영혼들아…
어디로 가느냐고 물어보아서도
안 되겠지….

죽음이 나를 부르고 있는데

햇살에 머리 빗고 저녁나절 산보 갈까
버드나무 댕기 풀고 하늬하늬 손짓하네
청춘의 대학생들아 이 풀 이름을 아느냐
青田 이상범 선생님의 산수화 같은 풀
바람도 없는데 흔들릴까 말까
햅뜨게처럼 생긴 풀

햅뜨게 꽃
꽃도 꽃 아닌 꽃이
꽃으로 핀 꽃
이 꽃이 무슨 꽃인지 꽃 이름을 아느냐

잡풀은 잡풀끼리 피어서 동산을 이루고

나벌레 잡나방 하루살이 저녁 한때 춤추고 노는 곳
붉게 물든 노을이 뉘엿뉘엿 서산에
해 넘어가면
세상은 어둑히 어둠의 그림자로 드리운다.
숲은 뭇 회희를 잠재우고 밤은 고즈넉하다.

죽음아, 네가 나를 부르는 것이냐
내가 너를 부르는 것이냐
산천초목이 사람을 부르는 것이냐
사람이 산천초목으로 가는 것이냐.

누이야 서럽지
제 설움에 겨워 에~고, 에~고,
대나무 지팡이에
에~고 꽃이 피었네
온 동네 초상이 났네.

지팡이 짚고 삼베 상복 너들너들 볏짚으로
허리띠 두르고 상투 두건 두르고
종아리에 삼베 토시 감고.
에~고, 에~고, 온 동네 초상이 났네
대나무 지팡이에 에~고 꽃이 피었네

칠월 칠석날 밤하늘에
상여가 올라가네
인정이 머리 풀고 꽃상여가 올라가네

　오늘은 안과에 눈 치료를 받으러 가는 날인가 보다. 화장실에서 고꾸라질 때 눈탱이가 3cm가 찢어져서 열다섯 바늘을 꿰맨 곳에 소독도 하고, 오른쪽 눈이 핏줄이 터져서 벌겋게 충혈된 눈을 검사하고 치료하려 안과에 가는 절차인 것 같다. 위출혈이 멈추니 안과는 급하지 않으니 간암 선고일, 기다림에 막간을 이용해서 눈 치료 겸 종합 검사를 하는가 보다.

　안과는 내가 초등학교를 졸업하고 열여섯 살 때 가 보고는 지금이 처음인 것 같다. 바닷가가 고향이라서 바다에서 돈을 벌어보겠다고 산소통에 계량기와 호스를 꽂고 호스 줄에 해녀들 큰 수경을 개조해서 산소가 들어오면 코로 산소를 마시고 입으로 내보내는 장치를 해서 바다 밑에서 숨을 쉬며 해산물과 해초를 작업해서 돈을 벌어보겠다는 것이다.

　해녀들의 작업 잠수 시간은 보통 1분 30초. 내려가고 올라오는 시간을 빼면 직접 작업 시간은 20초~30초뿐이고 물 위로 올라와서는 당방구를 붙들고 힘이 들어서 휘이~ 휘 휴~이 휘 하고 숨을 몰아쉬는 휘파람을 낸다. 해녀들이 짧은 시간에 돈을 버는 것에 착안해서 나보다 세 살이 많은 나의 형님의 기발한 아이디어로 노 젓는 배에 모터 엔진을 달고 줄을 당겨서 시동이 걸리면 부르릉 하며 푸른 내 고향 앞바다를 달리는 꿈에 부푼 마음으로 들떠 있었다.

하얀 물살을 가르며 달릴 때는 사춘기인 나로서는 마음에 둔 몇몇 여자아이들에게 폼도 좀 내고 싶은 충동과 떼돈을 벌 수 있는 부품 꿈을 안고 어머니에게 사정을 해서 돈을 투자하였다. 내가 바다 밑에 내려가면 형님이 배 위에서 산소 공급에 조심히 신경을 쓰고 형님이 바다 밑에 내려가면 내가 배 위에서 산소 조절을 하는데 이번에는 내가 바다 밑에 내려가는 차례. 수심 약 12~18m 정도에서 작업을 하는데, 주로 해초류 천초·도박·돈도바리를 뜯고 소라·해삼·전복 등이 보이면 잡아서 망태기에 집어넣는다.

멍게는 큰 바위 절벽에 붙어 군락지를 이루고 있다. 한참 작업을 하고 있는데, 산소가 들어오지 않는다. 아, 숨이 막히고 답답하다. 나 혼자 올라갈 수는 없다. 바닷물은 민물보다 염분이 있기에 물체가 위로 떠오른다. 그래서 몸에 무거운 납을 지니고 있기 때문에 줄을 당겨야 올라갈 수가 있다.

배 위에서는 산소통 계량기의 호스가 빠져서 호스는 산소가 나옴에 신바람이 나오며 길길이 이리저리 춤을 춘다. 물 밑에서 돈을 벌려는 저 인간은 죽든지 뒈지든지 알 바가 없다.

바다 밑에 있는 나는 숨이 막혀 멍하게 답답함에 억눌리며 희미하게 의식을 잃어가고 형님은 당황해서 호스에 함께 줄을 잡아당겨서 나를 배 위에 올려 눕혀 놓았다. 우선 수경을 벗겨야 숨을 쉰다는 생각으로 공기의 압축으로 쫙 달라붙어 있는 수경을 잡아당기는 순간, 나의 왼쪽 눈알이 공기의 압축에 함께 쭉 빨려 나왔다. 그때 안과에 가서 바깥에 덜렁이는 눈알을 집어넣고 한 달을 눈을 감고 안과에 입원해서 치료를 받았다.

떼돈을 벌어서 조금 가고 다시 좀 잡고 살겠다는 어릴 때 나의 꿈은 산산조각이 나고, 7일 만에 빚만 지고 끝나고 말았다. 벌써 53년 전의 일이다.

대학병원의 안과 젊은 인턴과 교수님들의 움직임이 심상치 않다. 최첨단 과학의 최신형 기계 앞에서 공부하고 연구해 온 실력을 오직 진실하게 의술과 동고동락하며 오직 환자의 병과 투혼을 넣어서 환자를 정상의 삶으로 돌아가서 날갯짓을 할 수 있게 하겠다는 일념이 내 마음에 보이니 나는 눈물이 찔끔 나오며 감동을 먹었다.

사회를 우물 안 개구리로 살아온 나는 사람들의 이야기에 동네 몇몇 병원에서는 환자가 들어오면 환자의 병으로 돈을 더 벌려는 수단으로 의료보험공단의 돈을 어떻게 하면 더 타낼까, 하는 의사나 병원장이 있다는 말에 병원에 가기도 싫고 병원을 불신하고 있었다.

요즘 몇몇 젊은이들이 인간임을 포기하고 법과 도덕을 무시하고 정신병자같이 돈의 노예가 되어 부모 형제도 죽이는 모습을 보며 세상이 망조가 들었느니 말세여, 말세! 아마겟돈 말세여! 돈 많은 강남 아줌마가 아마도 곗돈을 떼먹고 도망을 가지 않나, 햇이 혓바닥을 내밀고 헉헉거리는 우리 집 써니처럼 이 더위도 잘 넘어가야 할 텐데 요로코롬 시부렁거리는 요 조댕이가 민망해서 막걸리 한 사발 몰래 들이켜고 입 싹 닦고 겸연쩍어 넘어가려는 내 꼼수가 부끄럽당게요잉!

젊은이들이여, 파이팅! 간혹 불순물이 조금씩 섞여 있어도 토탈 이 세상을 모든 젊은이들이 희망으로 이끌어가고 있음을 인정함. 원샷!

대학병원 안과의 젊은 의사 선생님, 교수님의 진실한 의술을 느끼며 나는 세상을 부정적으로 보던 마음이 오늘부터 긍정으로 희망으로 보이는 이것을 깨달음이라고 하기에는 너무 거창하남요?

가을 단풍이 물든 깊은 산에 계곡 물이 맑게 흐르는 것이 젊은이들의 영혼이라면 늦가을 갈색 낙엽이 계곡의 아스라한 찬물 아래에 가라앉고, 먼지의 덮임도 자연의 진리로 보이는 초겨울의 계곡 물결이 나를 정성껏 치료해 주고 계신 우리 교수님이시라고 생각하니 아, 그래서 교수님은 저 젊은이들에게 산 계곡의 단풍 아래 맑은 물이 되라고 의술을 가르치고, 인생을 가르치고, 사람의 생명을 아주 소중히 하라고 가르치는 사부님이시구나. 암, 그렇지, 그렇겠지. 나는 계곡의 찬물에 가라앉은 낙엽의 동굴 속 먼지 속으로 들어가서 눈알만 빼꼼히 물 밖으로 내놓고 안과에 일어나는 일들을 영상에 주워 담으며 치료와 종합검사를 받는다. 새삼스레 안과에 종사하시는 분에게 진정 고개 숙여 감사를 드립니다.

  안과의 종합검진과 치료가 끝나고 병동으로 올라왔다. 53년 만에 가본 안과는 최첨단 기계들과 최고의 의술로, 검진을 받고 별 이상이 없다고 하니 기분이 좋았다. 핏줄이 터져서 눈이 벌겋게 된 것은 병동에서 매일 치료와 약을 주겠단다.

해 저문 폭포 아래서

사랑아 죽어라 깜깜한 밤에
꽃잎아 떨어져라 맑은 물 위에
떠가든 뱅뱅 돌든 애처롭지만
곤두박질치다가 영영 못 볼라

위의 4행시 이해하기가 난해해서 무명 시인의 가슴에 응어리
가 풀리지 않는 것 같아 해설을 한번 붙여 보기로 한다.

〈해설〉

나는 사랑을 떠나보내야 하는 심정에 오월의 화려하고 붉은
장미꽃 가장 아름다운 꽃송이를 애처롭지만 안타깝고 미움의
억하심정으로 사랑아 죽어라, 내 손아귀에 있으라며 한 움큼
훑어 쥐고 강촌의 폭포로 간다.

'기암절벽 낙석 낙암 위험 지역임. 주의 바람. 춘천시장 인'의

표지판이 있는 것을 보며 위쪽으로 더 올라가서 깊은 계곡의 폭포 아래로 간다.

저녁 어둠이 깔리고 아무도 없는, 무서움이 성큼 밀려오는 폭포 아래 물가에 앉아 폭포 물 떨어지는 소리에 맑은 물은 찰랑이고, 산 계곡의 깊은 산 아무도 없는 사람의 흔적도 없는 어둠이 깔린 폭포의 맑은 물에 사랑아 죽어라고 장미꽃 잎을 움켜쥔 주먹을 맑은 물에 담그고 주먹을 펴고 사랑을 놓아주어야 하는 심정.

꽃잎은 폭포의 물 주위를 맴돌고 폭포의 내리꽂는 물줄기를 따라 물속으로 곤두박질쳤다가 다시 올라오고, 흐르는 물에 떠내려가는 것은 가고, 곤두박질치는 꽃잎이 다시 물 위로 올라와서 모습이라도 보여주면 좋으련만 끝내 못 올라오는 꽃잎을 영영 못 볼 것 같아 아쉬움의 마음에 이 시를 썼느니⋯.

어두워진 폭포 주위를 둘러보니 무서움이 음습해오고, 밤이 되면 폭포 속 동굴에서 천 년 묵은 괴물이 낮에는 잠을 자고 한밤중에 쑥 올라오는 것은 아닐까. 주위의 산짐승들이 배고픔에 해가 지면 생고기 냄새를 맡고 기어 내려오는 것은 아닐까. 무서움에 아서라, 내려가야 된다. 사람들이 사는 동네로 내려가야 된다. 기암절벽 오솔길을 조심히 주섬주섬 내려오는 나의 사랑! 너는 이 현실을 아느냐. 이 사랑하는 심정을 아느냐.

사랑아 죽어라 깜깜한 밤에
꽃잎아 떨어져라 맑은 물 위에
떠가든 뱅뱅 돌든 애처롭지만
곤두박질치다가 영영 못 볼라

강촌 폭포 아래서

오후 저녁때쯤 병동 복도를 왔다 갔다 할 겸 주사 대롱을 끌고 나왔다. 다른 환자들도 죽음의 고비를 넘기고 퇴원한 날이 다가오면 별동 복도에 나와서 삶의 터전으로 돌아갈 준비로 나래 짓으로 복도를 왔다 갔다 한다.

새들도 다치거나 날개가 부러져서 동물보호소에서 치료를 받고 자연의 세상에 날아갈 준비를 파닥이며 연습한다. 나는 퇴원은 아니지만, 다음 수술을 견디어 낼 힘을 조금이라도 올려놓으려고 복도로 나왔다.

이쪽에서 저쪽까지 몇 번을 반복하고 있는데 복도 우측 끝에 창가가 보이고 창가 너머로 바깥 풍경이 보이는 것 같아서 조심히 그곳으로 가 보았다. 전생에 세상 자연 속에 돌아다녔던 습관이 사람이나 짐승들도 자동으로 자연의 그리움에 그곳으로 마음이 가고 발길이 가는가 보다.

조심히 창가로 가 보았다. 창가 옆 병동 복도에는 편안히 앉아 있을 의자도 두 개가 놓여있고, 나는 창가에 붙어선 채 바깥세상의 자연 풍경을 보았다.

며칠 만에 보는 바깥세상이 참 좋다. 아니! 32년 만에 느껴보는 스산한 자연의 경이로움이 그 정취가 왜 이렇게 소박한 아름다움으로 느껴지는지 모르겠다.

32년 전 시혼이 떠오르는 감회에 젖어본다. 아, 세상이 아름답구나. 인간의 생명이 움트는 잉태가 신비의 빛을 가진 다이아몬드의 빛보다 천만년의 자연석 에메랄드빛보다 더 신비하고 귀중

하고 소중함을 죽음을 맞이하고 있는 이제야 알게 되었다.

세상 속에 내가 있음이 어렴풋이 저 먼 곳의 새벽이슬 안개 속에서 이승으로 걸어 나오는 내 모습을 형상하며 나는 눈물을 흘리고 있다. '기도하라, 신에게 감사하는 마음으로!'

창가 앞에 보이는 곳이 안양천이고, 개천 건너편에는 억새풀 무리들이 은빛 물결을 이루고 수양버들 나무들이 개울가에 서서 늦가을의 풍경을 풍요롭게 해 준다.

개울 이쪽에는 느티나무 잎들이 빨강, 노랑, 단풍에서 갈색 낙엽으로 오후에 내린 비로 땅바닥에 떨어져 휙휙 달리는 차에 치여 춤을 추기도 하고, 잔디밭에 떨어져 황금빛 이불 위에 꽃잎 무늬로 자연의 수를 놓아 겨울에 찾아온 손님들 나방, 잡 벌레 별의별 잔챙이 벌레들의 쉼터 겨울잠의 보금자리 만남의 장소로 황금빛 노란 잔디의 이불 위에 낙엽으로 수놓은 포근한 이불을 깔아 놓고 '겨울 채비 완비'란 러브 MOTEL이란 형광 빛 간판을 도로변에 크게 달아 놓고 '러브 엔딩'의 메릴린 먼로의 얼굴에 왼쪽 점과 치마가 바람에 휙 날려 허벅지 위로 계곡이 보일 듯 요것을 포인트로 내세워서 작은 간판을 옆에 덧붙여 놓고 있다.

겨울이 오면 황금빛 잔디의 포근한 이불 속으로 잔챙이 벌레들, 잡 나방 벌레들이 연인을 끼고 들어오든지 솔로로 들어오든지 먼로의 팔짱을 끼고 들어오든지 하라고 늦가을 밤의 처량한 귀뚜라미 울음소리로 삐끼 짓을 하게 한다.

잔디의 이불이 모자라면 야외 나무에 텐트를 치고 돈은 좀 더

스카운트를 해 주고 번데기가 되든지 씨알을 까 놓든지 하라고 내주고 '시방 잔디 밑에서 무슨 짓거리들을 하고 있는지 살짝 이 불자락을 들춰 보니 글쎄?' 쇠똥, 개똥 밑에서 벌레들이 우글거리고 있어서 더러워 그냥 덮어 주었다.

안양천 저 아래쪽에 다리가 보이고 다리 위를 차들이 지나가고 있는 곳이 고척교 아닌가. 32년 전 나의 시상이 가장 많이 떠올랐던 곳. 내 삶이 어렵고 힘들 때마다 구로동 나의 사무실에서 가까운 곳 고척교 다리 옆 뚝방에 나는 간다.

오늘도 오후에 가게 손님이 없고 늦가을 해 질 녘, 나는 고척교로 가고 있다. 호박잎만 한 플라타너스 낙엽들을 발로 툭툭 차면서 고척교에 거의 다 와 가는데 섬뜩! 내 발밑에 큰 사마귀 벌레 한 마리가 아이들의 돌에 맞아 머리는 쥐어 터져서 피투성이가 되어 있고, 사지는 짓이겨져 처참히 피범벅이 되어 푸른 날개만 바람에 휘적휘적 나부끼고 있었다.

내가 이 세상에서 가장 징그럽고 무서워하는 것이 사마귀다. 너무 놀라서 심장이 멎고 호흡도 끊겼다. 엇, 하며 옆으로 비켜서 저만큼 도망치듯 가고 있는데 자꾸 내 뒤에서 나를 부르고 붙드는 것 같아 뒤돌아보니 사마귀의 날갯짓이 바람에 허적허적 나를 부르고 있다.

내가 마음이 여린 무명 시인임을 알아본 걸까, 아니면 내가 이곳을 지나갈 줄 미리 알고 기다리고 있는 걸까. 발걸음을 돌려 사마귀 시신 앞에 가 처참히 찢긴 시체를 보니 가슴이 찡해 오며 눈물이 났다. 이 눈물이 상주의 애상곡인가. 생명의 처참한 죽음 앞에 인간의 본능인가.

나는 뒷주머니에서 꽃무늬가 새겨진 화장지 석 장을 꺼내서 펴고 나뭇가지를 꺾어 젓가락을 만들어 조심히 깃털 하나도 소중히 꽃무늬 화장지 위에 올려 담아서 돌돌 만 뒤 해가 뉘엇뉘엇 넘어가는 저녁 노을빛을 받으며 고척교 옆 뚝방 9부 능선에 흙을 파고 사마귀 시신을 묻어 주었다.

봉분을 만들고 흙을 토닥토닥 두드려서 옆 풀밭에 있는 감창 풀꽃, 하얀 감창풀꽃과 하얀 햅뜨게 잡풀 꽃을 꺾어서 무덤 앞에 놓아 주고 좋은 곳 가라고 묵념과 삼배를 올리고 어둑해져서야 내 사무실로 돌아왔다.

고척교 밑으로 흐르던 저 냇물이, 공장 폐수와 시궁창 물이 시꺼멓게 갯벌처럼 흐르던 저 안양천이, 지금은 맑은 시골의 냇물같이 여러 종류의 물고기들이 헤엄치며 자유롭게 놀고 있지 않은가. 각종 새도 날아들어 자연의 숲 생태 공원으로 자리 잡고 있다니 안양천이 고향같이 반갑네. 도심 속에 삶에 지친 현대인들의 마음을 위로해 주는 곳, 참 좋은 소식이네.

나는 병원 병동 창가에 서서 32년 전 그때의 시상을 떠올리던 추억들이 주마등처럼 아스라이 스쳐 지나가며 현실의 죽음과 연계하니 한없는 슬픔에 가슴속까지 북받쳐 꺼이꺼이 흑흑거리며 울음에 내 속에 있는 모든 병이 눈물에 다 씻겨 나온 것같이 속이 시원한데 이 황홀하고 찬란한 눈물에 꼭 초를 치고 낄 데

안 낄 데 천지 분간, 하늘인지 땅인지도 분간 못 하는 콧물이 다 망쳐 놓았다. 오죽하면 "다 된 죽에 코 빠뜨린다."는 속담이 있잖우!

눈물이 나오면 콧물이 덩달아서 지가 뭔디 먼저 설처대는감. 엑스트라가 주연인 줄 알고 설처대면 그 작품은 꼬락서니가 다 망치는 것이여. 32년 만의 재회, 남과 북의 혈육의 만남, 이산가족 상봉의 한의 눈물, 시혼과 자연, 경이로움의 추억. 그것도 내일이면 간암으로 죽음의 판결을 교수님이 내리는 날 전야제에 무명 시인이 예술가의 폼 딱 잡고 서러움에 눈물 흘리는 연기를 멋지게 하고 있는데 콧물이 왜 생지랄이야.

나는 휴지로 예술이고 천사의 나팔꽃이고 뭐고 코를 홱홱 풀어 재끼니 개코나 예술은 뉘 집 똥강아지 이름으로 명예훼손이나 하고 자빠져서 놀고 있네. 콧물이 요로코롬 망신을 주니 창피해서 세상에 얼굴을 빤드롬하게 내밀 수가 있겠남.

세상 사람들이 아무도 보지는 않았겠지. 혹시 누가 봤을까 봐, 누가 보고 있을까 봐, 어설프게 주위를 슬쩍 둘러보았다. 그런데 내 뒤에서 뒤통수 위에서 나를 보고 있는 사람이 있으니, 나 원 참! 이 기분 너희들이 알랑가? 멋쩍고 똥 밟고 똥 씹은 표정이다. 이 원수 같은 콧물아, 너 때문이야.

꼭 NG를 낼 때마다 내 뒤에서 손가락질하고 비웃는 너는 도대체 어떤 놈이야. 한 번 더 누군가 하고 뒤를 돌아보았더니 어디서 낯익은, 내가 아는 얼굴이 아닌가, 아니 이게 누군가. 반고흐, 반 고흐 씨가 아닌가. A4 용지 1/4 크기에 반 고흐 씨의 자화상이 벽에 걸려서 투명한 조명 장치의 빛으로 나를 보고 있지 않은가.

얼굴엔 털이 갈대 머리같이 수북이 자라 있고, 예리한 눈빛과 영혼이 살아서 사물들을 창출하는 모습으로 나를 보고 있다. 나는 눈빛을 맞추며 어이, 반 고흐 씨, 참 잘났네. 잘났겠지. 희빛의 미소를 머금은 내 입가에서 형상의 대화를 하고 있다.

반 고흐 씨! 그대의 영감을 나에게 조금만 주게. 지금도 차디찬 길바닥에 버려져 굶주림에 허덕이고 있는 내 얼라들, 문학에게 그대에게 얻은 영감을 조금씩 나누어 주며 허기라도 면하게 해 주고 싶어서 그래.

반 고흐 씨 얼굴에 수북이 자란 털들이 갈대 머리 같다면 내 얼굴의 털도 자라면 억새풀 머리 같은데, 원체 내 아내가 털을 깎아라, 사람이 사람 같아야지 그 꼴이 뭣이냐고 생지랄을 해서 아내 말 잘 안 들으면 이담에 더 늙어서 남들이 싫어할 때 집에서 쫓겨날까 봐 멋진 털을 기를 생각도 못 해서 그래.

그러니 그대의 영감을 조금만 주게. 내 새끼들 시혼들에게 반 고흐 씨로부터 최고의 예술의 멋과 맛을 얻었으니 맛만 보라고 자랑을 해야지. 내 새끼들이 일어나서 날갯짓하면 그때는 나도 얼굴에 털을 억새풀 머리같이 해서 꼭 반 고흐 씨를 찾아서 뵐께. 반갑네, 반 고흐 씨.

그렇다. 반 고흐 씨가 귀를 자르고 정신병원에 가고, 그때의 그림 밀밭, 해바라기, 꽃 피는 아몬드 나무 등을 보면 죽었던 영혼이 벌떡 일어나는 영감을 받는다.

바람 부는 한강

물과 바람이 부딪치는 저 소리
물결이 뒤돌아서 바람에
조롱 떨며 안겨드는 저 모습
그리움에 물결이 바람에 잉잉 운다
산에서 내려온 맑은 물은 여인이고
여인의 마음을 출렁이며 꼬드기는 바람은 사내다

강물은 흐르고 올림픽대로에는 차들이 씽씽 달린다
저녁노을이 지고 서울의 밤이 오면
불빛들은 하나둘씩 커지고
제각기 휘황찬란한 네온사인으로
몸단장을 하고 야스러운 화장을 한다.

아이새도로 눈썹을 그리고

립스틱으로 입술을 빨갛게 칠한다
호스트 바걸처럼 하이힐을 신고
미니스커트의 늘씬한 다리로 한강 물 위에 그림자로 나타
나면 여기저기서 물보라가 일어나고
예술가의 영혼도 일어난다.

여인이여
너무나 먼 그대여
가면서 함께 가자, 강물이 뒤돌아서
바람에 안겨들며 키스를 한다
긴 키스는 너무나 짧다

어디선가 웨딩 마치의 음률이 들려오고
네온사인 불빛으로 붉은 융단이 깔린
강물 위로
물과 바람이 일어나서 팔짱을 끼고 걸어간다
따 단따다 따 단따다 따 딴따 따 단따
따 단따다 물과 바람의 결혼식이 올려졌다

이 땅 위에 생명이 잉출된다
벌거벗은 가시내의 00비너스가 신비롭다
베토벤의 음률 혼에 오선지가 한강 바람에

휘날린다
반 고흐의 밀밭 속에서 무슨 밀애의
짓거리들을 하고 있는지 나는 모른다.
밀레의 저녁 종소리가 참다 못해 이제

그만들 해라 잉, 하고 저녁 종소리가 땡땡
하고 울려 퍼진다

로댕이 턱을 괴고 앉아서 설마
타마라 드 렘피카의 나체화를 절대
감상하고 있는 것은 아니겠지
강물과 바람은 이렇게 속삭인다
얼라들 보는 데서는 아무 짓도 못 한다고
여기 한 무명 시인은 한강 물 위에 일어나는
저 영혼들을 창출 못 해 애태우며
움빛지고 간다
밤은 깊어지고
명동, 무교동에서 놀던 미니스커트를 입은
아가씨들의 잰걸음도 빨라진다

한바탕 춤사위가 지나간 한강 물 위엔
밤은 고요하다

　오늘은 MRI 검사 결과로 교수님이 최종 판결 확정을 선고하는 날이다. 위점막 혈관 출혈의 죽음에서 한고비를 넘기고 다음은 간암이 기다리고 있다. 암이라고 선고되면 죽음을 예고하는 것이다. 나는 70세이고, 위출혈로 남의 피로 보충되어 있어서 내 몸이 나의 피로 순응하기가 아직 안 되어 있고….

　병원에 오기 전에 56kg이었던 내가 현재 50kg이며, 내가 내 몸을 보아도 사람으로서 구실을 못 할 것 같은 내 몸을 본다. 내가 존경하는 내 집안의 어느 분이 '미안한 이야기지만 나이도 있고 수술을 하고 나면 1년은 항암 치료를 견뎌내지 못한다. 가족들까지 다 죽이는 것이니 수술은 안 하는 쪽이 낫지 않을까' 하고 그분이 조심스럽게 이야기할 때 나는 미소로 고개를 끄덕였다. 나 자신이 이미 그렇게 마음의 결정을 지어 놓고 있는 것이라 그분의 말씀이 죽음인데 그래도 서운하지가 않고 오히려 내가 생각하고 있던 것이라서 위안이 되어 죽음에 자신을 얻었소이다.

　내 가족에게도 그렇게 이야기했고, 교수님에게도 환자의 뜻을 전해 주고 이대로 퇴원하면 몇 개월 유효기간인지 그리고 진통제 처방을 많이 해 달라는 주문을 해 달라고 내 아내에게도 말해 두었다. 그리고 나는 어느 누구 앞에서도 미소를 잃으면 안 된다. 마음속으로 죽음이 서글플지라도.

오전 11시 30분, 초조한 시간의 기다림은 길고도 짧게 피할 수 없는 운명의 시간이 왔다. 소화기내과로 환자의 직계 보호자만 내려오라는 간호사의 전갈이다. 아내는 1%의 희망의 끈을 쥐고 교수실로 내려갔다.

나의 죽음? 나는 무엇인가? 나의 애착? 죽음? 아무것도 아니다. 이번에 두 번 고꾸라져서 잠시 죽어 봤다. 아픔을, 한순간 지나가는 고통을 참고 나면 생의 모든 작동이 멈춰지면 심장도 멈춰지고, 뇌의 그 많은 기능도 멈춰지면 죽음이라고 한다. 그 다음은 아무것도 없다. 티 하나 없다. 맑다고 해야 하나.

나는 누구인가? 크게 생각하면 우주 삼라만상의 기를 받고 생명체를 이룰 수 있는 빛 분자의 원력으로 생명체로 된 나다. 작게는 조상에게서 부모에게서 태어난 씨앗 한 톨이다. 이것이 생명체이고 곧 씨앗 속의 힘으로 자라고, 성장하고 자식을 낳으면 씨앗을 남겨두고 모든 생명체는 죽음이 있다. 세상 자연의 원리와 똑같다.

애착이란? 한 톨의 씨앗, 영아일 때는 애착이 없다. 생명의 움이 트면서 나의 뇌는 움이 터오를 때부터 세상이 주는 것으로 자라고 살아갈 수 있게 받는 것의 고마움이 곧 애착이다. 그것을 주는 것도 애착이다.

애착이 없다면 어차피 없었고 없다. 다음 생명도 끝이라면 죽을 만하다. 아무것도 없다. 우주 세상에 나의 기는 흐르겠지만, 그 기는 나는 모른다. 세상의 흐름에 기는 빛보다 더 없는 분자이기 때문에 알 수가 없다. 그래, 애착을 털고 나면 씨앗 하나, 씨앗 하나 없어지면 먼지 한 티라고 하자.

생명이 있을 때, 세상을 보고 있을 때, 인간은 신에게 감사하라. 아픈 고통에서 안도의 숨이 쉬어지거든 그때도 감사하라. 의로운 죽음을 주거든 그때는 더욱 감사하라.

교수님은 내 보호자에게 MRI 사진을 확대해 밝혀 놓고 설명을 한다. 현재 환자의 간암이 3cm 크기로 있고, 빠른 속도로 진행되어 가고 있는 중이고, 우측 옆에 또 1cm 크기의 종양 암이 왕성히 자라나고 있단다.

하기야 앰뷸런스를 타고 병원으로 오는데 장 대감 행차시다, 물럿거라. 휘휘, 물럿거라. 차들이 좌우로 비켜주는데 앰뷸런스 앞에 두 대의 캄보카만 달렸으면 장 대감 저승으로 행차시다. 물러가라. 멋져 부렀을 것인데잉!

20년을 매일매일 청하 두 병, 맥주 두 병, 소주나 막걸리 중에 반병씩을 마셔댔으니 간이 성할 리가 없겠지. 위가 구멍이 나서 피가 줄줄줄, 시냇물처럼 졸졸졸 흐르는 것이 당연하겠지.

이 미치고 정신이 헤까닥 간 놈은 삶이 힘들다고 암의 꽃밭에 빨리 잘도 자라라고 술을 들이부었으니, 위와 간이 옆에 새끼까지 치고 지랄병 났네그려!

교수님은 잠시 머뭇거리더니 결심한 듯 진료를 말씀하신다.

간암이 3cm 크기면 몇 년 전만 해도 모두 수술을 했는데, 지금은 3cm까지는 수술을 하지 않고 초음파 시술 고주파 치료로 암을 도려내 밖으로 들어낼 수가 있으니 그쪽으로 할 것이란다.

현재 환자의 암 진행이 너무 빨라서 바로 초음파 시술로 들어가야겠지만, 환자의 몸이 너무 약해져 있고 위 클립 시술한 곳이 봉합이 잘되어 있어야 다음 시술을 할 수가 있단다. 간암 시술 때 출혈과 고통이 있을 텐데 그때 위 클립 수술을 한 부위 중 한 곳만 터지면 바로 생명을 잃게 되기 때문이란다.

조금 더 신중히 위 클립을 보면서 간암 쪽은 우선 항생제 주사를 하루에 두 번씩 놓더라도 암의 발전을 억제시켜 놓고 내일 다시 네 번째 위내시경으로 들여다보잔다. 아내는 병동으로 올라왔다.

암꽃

저녁에 우리 가족이 다 모였다
간암, 암이란다
웃음꽃이 만발히 피었다

내 아내도 내 딸들도 얼굴에 혈색이 돌고 내 마음에도 봄이 왔다
만세라도 부르고 싶도록 웃다가

가족들이 모두 암꽃이 피었다고 좋아서
너무 웃다가 쉬쉬, 옆에 누가 들을라

남들이 들으면 남편이 간암에 걸렸다는데, 아버지가 간암
이라는데
저렇게 가족이 좋아서 시시덕, 기뻐서 웃으니 죽음을 앞
에 두고 시트에 누워있는
환자까지 합세해서 좋아서
펄펄 신바람에 웃고 웃음을 참으려고
입을 막으며 쉬쉬쉬 하는 꼴이 더 우스워서
웃음보따리가 터지고 말았다.

하하하, 호호호 온 가족이 웃음꽃이 피었는데 암꽃이 뭣
이길래
외계에서 온 ET가족인가 외계의 ET나라에서는 암꽃이
다이아몬드나 에메랄드빛보다 더 값을 쳐주는가 보다

아니면 정신들이 가족 단위로 무더기로 회까닥 가버린 또
라이들이겠지
맛이 가도 덟고 시고 궁둥 냄새가 나는
갖출 것은 다 갖춘 요리끼리 하게 맛이 가버린 가족들이
라고들 궁시렁들 거리겠지

아무려면 어떠하리 이제야도 좋을 암꽃이 피었단다
평생을 지지리도 재수 없는 사나이
뒤로 넘어졌는데 앞의 코가 깨지는 못난이
모두 다 총을 잘 쏘는데 나만 꼭 총을 쐈다 하면 불발탄
아니면 오발탄을 쏘는 또라이

복 두꺼비 돌 반지 금복주 두꺼비
모두 복 받는데
나는 어릴 때부터 옴 두꺼비 받아서
재수 옴 붙은 이 남자 누가 좀 말려줘~용! 잉~!
마지막 죽음 앞에 딱 한 번의 행운 찬스에 당첨이 된 간
암! 나는 간암 꽃다발을 받고
좋아라 한다

얼마나 내 마음이 상심했던가
위궤양 간 경화로 죽었다면
병원비에 초상비용에 착한 큰딸이 친정집 도우려고 벌써
병원비가 몇백만 원이 들어간 것도 남편과 알뜰히 맞벌이
하며
힘들어도 한 푼 두 푼 통장에 돈이 불어나는 재미로 알뜰
히 모아서 조그마한 아파트라도 하나 장만하고 아이들 공
부시키는 것이

꿈이라는 큰딸의 소박한 심정에
이 아비가 저들에게 방 한 칸은 못 사줄망정 죽으면서 아
비의 빚까지 갚아라, 이러면 안 되지. 이 아비가 저들의
꿈까지 무너뜨리고 죽게 될까 봐 가슴이 막혀 하늘을 보
며 울음을 삭혀 내렸지
간암이란다. 어찌 암꽃이 아니더냐
어찌 좋아서 웃음꽃이 피우지 않겠느냐

그러진 않겠지만, 행여들 친정집 도울 때는 남편에게 말
하지 않고 속이고 있다가
나중에 신랑이 알고 짜그락거리고 싸우면 어떡하나
차라리 내 딸의 성격이 신랑에게 바락바락 대들기라도 하
는 성격이면 좋으련만

다행히 암이란다
큰딸이 엄마 아빠 앞으로 10년 전에
암보험을 들어놓은 것이 암일 때만
1천만 원이 나오고 병원비 장례비도
나온다니 이제야 이 애비가 죽어도
편안히 눈을 감을 수 있으니 어찌 이것이
간암이! 폐암도 아니고 간암이라니!
내 마음에 봄이 오고 암꽃이 핀 것이 아닐손가

진정 내 아내와 내 딸들이 좋아서 웃는 것은 물론 돈도 1
천만 원이 나오니 좋고
그것보다 더 좋은 것은 수술하지 않고
초음파 시술로 아버지를 살릴 수 있다는
교수님 말씀에 그래서 이토록 좋아서
시시덕 쉬쉬쉬 해가며 웃음꽃이
만발하게 피었습네
이제 우리 가족 ET에서 온 또라이
집안이 아님을 잘 아셨죵~!

접시꽃 당신

살아 평생 아내에게 옷 한 벌 못 사주고
죽고 나서야 아내에게 삼베옷
한 벌 해 입혔네
병들어 누워 있는 아내에게 따뜻한 이불 한 번
못 덮어 주고

죽어서야 양지바른 곳에 묻어 주고
추울까 봐 흙대 단지 덮어
봉분을 만들어서
토닥토닥 두드려 덮어 주었네

패랭이꽃 꺾어서 무덤 앞에 놓아 주고
어둑어둑해서야 터덜터덜 집으로
돌아오는데
아내는 어느덧 초승달이 되어
내 뒤를 따라오네

도종환의 시집 『접시꽃 당신』을 읽고서

박이

가네 박이는 가네

천상에서 임이 나를 부르니

동구 밖 천덕꾸러기 박이는 복사 꽃잎

하얀 배 꽃잎 휘날리는 꽃잎 속으로

삼베 적삼 휘두르며 박이는 가네

내 친구 형석이를 두고 이화 대학 병원에서

가네 박이는 가네

하얀 꽃잎 속으로 박이는 멀어져 가네

임

만물이 꽃이라면
꽃이라고 어이 다 임이 되리오
오월의 화려한 장미꽃이
저녁에 슬피 우는 저 개구리의 울음소리를
어이 달랠 수 있으리오

연못가에서 저녁에 개골개골
슬피 우는 저 개구리는
한 송이 연꽃이 그리워 우는 것이라오

평생에 한 번도 안 해본 위내시경을 그것도 생으로 덤터기를 씌워 오늘 또 네 번째 한단다. 위암이라도 그렇지 위내시경을 이틀에 한 번씩 8일 만에 네 번을 하면 내 몸이 빠짝 말라 있겠지. 거기다가 바로 간암 제거 작업이라니. 내가 죽는 기여, 살릴랑가.

위내시경이 첫 번째만 생 돼지 멱따는 소리를 꽥꽥 질러 대며 돼지 잡는 줄 알았지, 두 번째, 세 번째, 네 번째는 이골이 나서 에그, 죽지 않으면 까무러치겠지, 생각하면 덜 고통스러웠다.

오전에 위내시경을 마치고 병동으로 올라왔고 점심은 미음에서 죽으로 나왔다. 병원 음식도 요즘은 영양사, 조리사 자격사가 위장병은 위에 좋은 식사, 간은 간에 좋은 식사를 맞춤식으로 해주니 세상이 많이 좋아진 편이다.

오후 저녁때쯤 글 쓸 필기구를 챙겨서 안양천이 보이는 창가로 나왔다. 반 고흐 씨에게 예리한 빛으로 인사를 하고, 오늘도 영감을 좀 더 줄 것을 바라며 겉으로는 미소를 보냈다.

유난히 눈물이 많은 나는 손수건으로는 눈물을 닦고, 콧물이 덩달아 지랄하면 하는 대로 하려고 휴지를 많이 가지고 나왔다. 사나이가 눈물이 헤프면 큰일은 못 하고 자잘한 일도 되는 것이 없다는데 우찌하노! 태어날 때 그렇게 태어났고 지독한 사람은 고쳐서 출세하는 것을 보았는데 나는 아무리 고치려고 노력을 해도 안 되는 것을 어찌하면 좋뇨.

*문학의 씨앗

신이 분명히 최악의 독에도 한 가지 해독제가 분명히 있다고 했는데 나의 울보 칠칠이에게도 분명히 명답이 있을 것이다. 어찌해야 할까.

이래도 안 되고 저래도 안 되면 그다음 내가 해야 할 것은 지금까지 평생 되는 쪽으로만 애써왔어도 안 되면, 그러면 안 되는 쪽으로 가 보면 어떤 답이 나오는지를 보자.

눈물이 헤프면, 눈물 흘리면 스트레스도 풀리고 특히 사물에 감정이 더 깊이 느껴진다. 마음이 여리면 강하게 하지 말고 더 여린 쪽일 때 창작의 감정이 일어난다. 꼴찌면 꼴찌로 내일을 너무 걱정하지 말라. 오늘 꼴찌로 열심히 살았으면 성공이다.

세상에 살아 있는 것만으로 감사하라. 죽음이면 죽는 대로 세상을 보고 살아봤으니 되었제. 세상에서 가장 강한 것의 답은 가장 연약한 눈물이다. 아아, 무언가 회답이 나오는 것 같다.

인도의 간디를 보자. 가장 강한 무력자 앞에 가장 연약한 몸과 정신으로 도전한다. 러시아의 작가 겸 철학자 톨스토이는 부유한 집안의 사람인데, 전 재산을 가난하고 착하고 불쌍한 사람들에게 다 나누어 주고 자기는 기차역 앞에서 눈 속에 얼어 죽었다고 하지. 석가모니, 부처님도 인도 왕의 아들 왕자인데 조선 왕조 왕위를 이을 저하 마마인데 다 버리고 정신과 몸을 다 버리고 새싹 핀 것이 되었다면.

아, 깨달았다. 이제야 알았다. 어렴풋이 알 것 같기도 하다. 죽음에서 한 톨의 씨앗이 새싹으로 올라올 때 문학의 씨앗은 이 세상에서 가장 연약한 움에서 새싹으로 올라오는 것이 문학의 씨앗, 문학의 새싹임을 이제야 어렴풋이 깨달았다.

깨달음에 대해서?

깨달음이란 '이해했다, 원리를 알았다, 원리를 느꼈다'는 말과 똑같다. 사람들은 깨달았다고 하면 부처님같이 천지 광명이 열리고 대번에 부처가 되는 것인 줄 알고, 웬만한 지식인들도 깨달았다고 말하면 시건방지다고 할까 봐 이해를 한 건데 혹은 들여다보니까 이렇게 말을 빙빙 돌려도 좋지만 돌릴 필요도 없지 않은가.

깨달음, 깨달았다 하는 것은 힌트를 얻었다. 힌트는 완성이 아니다. 이 세상에서 완성이란 없다. 깨달음은 그 원리를 0.1% 알았다는 뜻임을 알아야 할 것이다. 깨달음이란 힌트 0.1%를 얻었다, 알았다는 것이다. 그 씨앗이 싹이 나고 잎이 피고 열매를 맺는다고 해도 완성이란 신뿐이다.

나는 이제부터 내 연약함의 문학을 씨앗 0.1%는 얻었으니 새싹의 움이나 틔우려나 모르겠다. 안 틔우고 죽으면 말고.

사랑하는 사람을 떠나보내며(로징야여)

(1)

로징야여

잘 가거라, 나의 사랑하는 로징야여

이 다리 위에 서서 눈물이 시멘트 바닥 위에

떨어져 저 흐르는 강물에 못 미치더라도

로징야여

가을과 겨울 사이에 뿌려지는 이 밤비가

나를 연계시켜 너를 떠나보내야 하리

밤이 머물지 않고 눈물도 머물지 않고

강물도 머물지 않아 너를 머물게 할 수 없는

사나이 가슴에 비가 내린다

초겨울의 빗속에 내 그림자도 잃고

현실의 삶으로 돌아가야 할 시간에 뿌려지는

빗물이 내 얼굴에 적셔 너의 환상뿐
세상엔 아무것도 없구나

잘 가거라, 나의 사랑 로징냐여
떠나지 않으려고 가로등 불빛 기둥 뒤에 숨어서
뿌려지는 비를 맞으며
냉정히 현실의 삶으로 돌아서 걸어가는
내 뒷모습을 보면서 애떨든 나의 로징야여

너를 떠나보내고 며칠 후면 이곳, 이 다리 위엔
하얀 눈이 내리겠지
하얀 눈이 내리는 밤 나는 이 자리에 서서 너를
생각하겠지
허탈하게 하얀 눈을 맞으며 뚜벅뚜벅 눈을 밟으며
눈 속을 걸어갔었지
다리 중간쯤 왔을 때 가로등 불빛 기둥 뒤에
숨어서 비를 맞으며 애떨던 너의 모습이
흰 눈 속에 아롱거려서
나는 가로등 기둥을 어루만지며 멍하니
서 있었지

(2)

초겨울 빗속에 머플러 목에 두르고
떠난 줄 알았는데 지금은 눈이 오는
이 다리 위에 너는 아직 못 떠나고 쓸쓸히
눈이 되어 내리고 있구나
사람들은 세월이 가면 잊힐 거라고
눈발같이 남겨 놓고 모두 다 떠나갔는데
너는 왜 아니 가고 눈이 되어 내리고 있는가

하늘이 음습하고 땅이 통곡하고
애틋한 사랑이 그리움이 되어
한 솜 한 솜 함박눈이 되어
이 땅에 내리고 있는가
함박눈이 쌓인 긴 다리 위를 소복소복
너의 빨간 앵두 가슴을 밟으며
뚝방에 섰을 때
임이 그리워 하늘을 보며 목 놓아
너의 이름을 불러 보았지

(3)

눈이 오는 밤에
한이 되어 맺힌 꽃 하얀 개나리

뚝방에 하얀 개나리꽃이 이다지도 만발하였네
개나리 울 밑에서 은색 한복 치마에 연분홍
저고리를 입고 밀애하던 곳
미쳐도 곱게 보통 미친 것이 아니겠지
손가락 이에 앙 깨물며
애교 떨던 너의 모습 떠올라서 개나리 울 밑에
너의 이름 석 자, 00영 써 놓고
차마 등 돌려 어이 갈꼬

하늘아 내려다오
흰 눈아, 까막 눈아 한없이 한없이 내려서
내 영혼을 덮어다오
죽음으로 영원히 임께 간다면 좋겠지

봄이 오면 종달새 노래하는 보리밭으로
쑥이랑 달래랑 냉이를 캐고

여름이면
동해 바다 해수욕장 푸른 파도 위에서
비키니 차림 너의 야한 몸매 보면서

가을이 오면

코스모스 하늘하늘 피어 있는 오솔길

당신과 팔짱을 끼고

하얀 꽃, 빨간 꽃, 연분홍 꽃들과 인사 나누며

러브 해피엔딩 오브, 멋쟁이 모자를 쓰고

황혼길 걸으며 행복에 겨운 사랑

겨울

아, 이 겨울은 왜 이리도 허전한가

내 영혼들은 내 육신을 버리고

하얀 눈이 오는 날

하얀 나비가 되어 떠날 준비를 하고 있는데

사랑하는 로징냐여,

너는 지금 어디에 있는가

오전에 교수님 회진이다. 어제의 위내시경 결과는 클립 시술한 곳이 출혈도 멈추었고 안정 쪽으로 가고 있으니 오늘 하루더 안정을 취하고 내일 오후에 간암 시술 초음파 고주파로 시술에 들어간단다.

초음파 고주파 시술은 나의 담당 교수님이 직접 하는 것이 아니고 영상 클리닉 전문의 교수님이 집도하는데 이미 몇 번을 같이 검토를 했으니 잘해주실 거라며 안심을 시키는 것을 보면 가벼운 시술이 아니구나, 하는 것이 느껴진다.

암의 발전이 1cm 크기면 일반 용종은 앞으로 자라면서 암으로 변하는 것이고, 암 용종은 이미 암 종자 균이 자라고 있기에 신경을 더 많이 쓰는 것이란다. 초음파 시술 때 2cm까지는 출혈 없이 시술을 하는데 크기와 깊이가 3cm부터는 출혈이 있음을 생각해야 하고, 그래서 4cm가 넘어가면 시술보다는 수술을 하는 쪽이 출혈의 문제가 쉽다는 것이다.

교수님은 잘될 것이라며 나의 어깨를 눌러 주고 위로해 준다. 간암 제거 시술이 끝나면 바로 CT 촬영장으로 가서 CT 촬영을 마치면 병동으로 올라가 있다가 출혈이 없으면 며칠 안에 퇴원이 되지만, 출혈이 있을 때는 다음 치료에 들어갈 것이란다. 오늘은 내내 안정이 안 되고 별의별 망상으로 오두방정을 떨고 있다.

철없는 어린 나비

    시골의 조용한 어촌 마을이다. 한가로운 동네 아래쪽에는 수평선에서 푸른 파도가 하얀 물갈기를 일으키면 목화솜 밭을 이루며 끝없이 밀려오고, 마을 뒷산 쪽에는 산을 오르는 오솔길이 있고, 길 양쪽 옆으로 비뚝밭들이 마지기로 나누어져서 오곡이 풍요롭게 영글어 있다.

    콩이며 깨며 조가 고개 숙여 누렇게 익어 있고, 빨간 고추잠자리들도 파란 가을 하늘 아래서 들녘의 행복에 겨워 날고, 수숫대 잎에 앉아 잠시 쉬며 동굴의 꿈을 꾸고 있다. 키가 멀대처럼 큰 수숫대는 밭 가장자리에 쭉 서서 오곡을 쪼아 먹는 새 떼들을 지킨다고 나 원 참, 싱겁긴. 지가 뭐 경비반장이나 되는 줄 알고 새들을 쫓아보겠다고 영근 수수 머리를 바람에 이리저리 산들거리고 있다. 에라, 새들이 수수 대가리를 쪼아 먹겠다. 오곡을 지키더니 저 대갈박이나 잘 지키라지. 키 크고 싱겁지 않은 양반이 없다고 했었지.

비뚝밭 한 모퉁이에는 무·배추·상추·파·쑥갓 등을 심어서 여름 내내 채소 반찬으로 덜어 먹고, 가을이면 씨받이 꽃대가 올라와서 무꽃·배추꽃, 하얀 꽃, 노란 꽃, 꽃밭을 이루고 하얀 나비, 노란 나비 모여들어 잔치를 하네. 이 꽃에서 저 꽃으로 꽃 수술 샘에 입맞춤하며 팔랑팔랑 날아돌며 포크댄스를 하네. "아득한 수평선 흰 구름 너머로 오늘도 즐거워라. 조개잡이 가는 처녀들."

오른쪽 팔짱 끼고 라이트 스핀, 왼쪽 팔짱 끼고 레프트 스핀, 파트너 체인지하고 새로운 파트너에게 정중한 인사, "아리가또 고자이 마쓰에."

인사 한번 지랄 나게 길게 하고 자빠졌네. 인사하다가 해 넘어가겠다. 아니 그냥 '헬로우' 하든가 아니면 '굿 석양' 하든지 우리 나라 말 '안녕' 중국 말로 '띵호왕!' 요로코롬 석 자를 넘기지 말아야지. 무슨 아리가또 고자이 마쓰에! 아부지, 저녁 먹었습니꺼!

아, 옛날이여! 시대가 바뀌면 헌법도 더 좋게 인간의 참으로 세련되게 쌈박하게 바꾸어야제. 석양에 해 넘어가고 나면 언제 파트너 체인지 할 건데? 에이 씨, 통과!

오후 한때 나비들의 향년에 행복에 겹네. 엄마 나비는 철없는 어린 나비에게 '아가야, 꽃밭은 여기 이곳뿐이니 이 비뚝밭을 벗어나서 다른 곳으로 멀리 가면 절대로 안 된다'고 신신당부를 하였건만, 철없는 어린 나비는 비뚝 꽃밭이 너무 좁아서 지루하기만 하였다. 그래서 엄마 나비가 다른 꽃미남 나비와 잠깐 속

딱콩 하는 사이 몰래 비뚝밭을 빠져나왔다.

저 아래 동네 앞에 더 넓은 꽃밭이 있는 것을 보고 훨훨 날아갔다. 수평선 너머에서 끝없이 밀려오는 푸른 파도는 배추 잎, 무 잎 같고, 바람에 하얀 물갈기를 이루며 출렁이며 오는 것이 무꽃, 배추꽃으로 보여서 철없는 어린 나비는 마냥 부푼 꿈에 바다로 날아갔다. 이 끝없이 넓은 하얀 꽃밭, 자연의 경이로움을 느끼며 어린 나비의 꿈을 안고 마음껏 날아간다.

엄마는 거짓말쟁이. 이렇게 넓은 꽃밭이 있는데 왜 못 가게 했을까. 얼마나 날아왔을까. 힘들었다. 잠시 꽃밭에서 쉬었다가 엄마에게 가서 초원의 넓은 꽃밭이 있다는 것을 알려줘야지. 엄마도 이번에는 큰 칭찬을 해줄 거야. 철없는 어린 나비는 콜럼버스가 신대륙을 발견한 양 기쁨에 들떠서 잠시 하얀 꽃 위에 내려앉는 순간, 앗! 그것은 파도였다.

철없는 어린 나비는 얼른 날아올라서 그제야 엄마 말씀을 듣지 않은 것을 후회하며 뭍으로 날아오르려고 날갯짓을 해 보지만, 날개 끝자락이 파도에 젖어 몸에 힘이 점점 빠지며 생을 포기하고, 파도를 보며 아찔함으로 파도에 떨어질 때, 자! 여러분, 여기에 문제가 하나 있습니다. 철없는 어린 나비는 죽었을까요, 살았을까요?

에이! 어떻게 살아오겠어. 어차피 적신 몸 행복의 꽃이라 생각하든 무꽃이면 어떠하리, 배추꽃이면 어떠하리, 파도의 꽃이면 어떠하리. 출렁이는 파도, 하얀 물갈기의 동굴 속으로 인당수 푸른 물결에 심청이도 뛰어드는데 철없는 어린 나비야 불쌍하고 애처롭지만 고것이 제 팔자인 걸 어쩌겠소.

망울망울 올라오는 물거품 속을 꽃이라고 생각하고 눈 딱 감고 조금만 있으면 이 세상하고 바이바이. 와, 멋져 부러잉! 어이, 장 형! 안 그래야? 술맛 당기네. 우선 한 잔씩 들고 우리들의 건강과 황제의 번영을 위하여! 이것은 술 좋아하고 통이 큰 나범칠 사장님의 의견이고.

고 사장님의 의견은? 학벌과 지식이 좀 있다고 논리적으로 말씀하신다. 그것이 살아서 돌아왔제. 암만 살아서 꼭 돌아왔을 거구먼. 척하면 삼천리, '금' 하면 금수강산, '고' 하면 고스톱에 피박, 똥박, 똥피박의 명수, 고 사장임을 알아야제.

문제를 만드는 스토리만 들어도 이미 답이 나와 있잖우. '죽음 직전에 죽었을까요, 살았을까요?' 하면 그것은 100% 살았다는 것이고, 못된 짓, 나쁜 짓, 악랄한 짓을 하며 호의호식 잘사는 사람을 이 사람이 앞으로 어떻게 되었을까요? 문제라고 하면 장 형 뒷곰배 만날 쥐어박히다가 다른 볼일도 못 봐야. 그것도 문제냐고 뒷곰배 동네북 되야잉! 알았슈! 그러면 철없는 어린 나비가 어떻게 살아서 돌아왔을까요?

에이, 장 형! 그것도 문제라고 던지는 것이면 내가 말했지, 장 형, 제발 쇼샬 같은 소설 쓰지 말라고. 요즘 세상 사람들은 머리는 깨어나 있지, 곳곳에 CCTV가 나를 보고 찍고 있지, 공짜 돈 3만 원만 받아도 장 형한테는 큰돈이지만 고깟 돈 받고 김영란

법에 걸려서 철창을 가든지 몇십 배를 게워내야 하는 맑고도 밝은 세상이라는 것, 장 형은 아직도 모르지? 장 형, 노래에 옛날에는 벌거벗고 같이 놀던 순이가 지금은 브라자 차고 삼각 팬티 입었네. 내 친구야, 내 친구야, 나의 친구 순이야, 지금도 옛날처럼 발가벗고 놀아볼래? 장 형, 요로코롬 했다가는 성호롱불죄로 개망신 집안, 망신, 신세 조져야잉! "다들 정신 차렷! 열중쉬엇! 경례! 오늘도 안녕!"

엄마 나비가 꽃미남 나비인지 제비인지에게 잠깐 한눈파는 사이에 철없는 개구쟁이 아이 나비가 없어진 것을 알고 비뚝밭에는 없으니 어디로 갔겠어. 이것도 빤할 '빤' 자가 아이가. 엄마 나비가 큰일 난 것을 알고 바다 멀리까지 날아와서 철없는 어린 나비가 파도에 떨어질 때 엄마 나비가 차고 올라와서 뭍까지 날아왔다 아이가. 이럴 때 영화관 같으믄 박수가 짝짝짝 나와야 "핫 버스킹! 멋져 부러야잉!" 어이, 장 형! 뭐 할 말이 남은 거요.

고 사장님 말이라면 무조건 꼬투리를 잡는 신 사장님이 가만히 있을 리가 없지. 신 사장님은 말할 때마다 가운뎃손가락을 상대의 턱 아래로 겨누고 까딱까딱하며 말을 하는 아주 나쁜 습관이 있다. 대번에 고 사장님에게 손가락을 세우고 그것은 고 사장의 말이 처음에는 맞지만 나중에는 틀렸다며 또 꼬투리를 잡는다. 고 사장이 말하지 않았나, 말이 되는 말을 하라고.

엄마 나비가 철없는 어린 나비가 없어진 것을 알고 바다 멀리까지 날아와서 어린 나비가 바다에 떨어질 때 차고 올라와서 뭍을 향해 날아오는 것까지는 맞아. 엄마 나비가 슈퍼 레이디도 아니고 어떻게 뭍까지 오겠어. 이것이 고 사장의 말이 안 되는 소리라는 거야.

그래도 이야기를 내놓으면 교육적인 스토리가 있거나 스릴의 액션이 있거나 둘 중 하나는 있어야 되겠지. 그렇다면 엄마 나비는 철없는 어린 나비를 품에 안고 개구쟁이 아이가 또 사고쳐서 둘 다 죽음에 이르는 것은 되어도 아이의 대갈빡을 쥐어박으며 너 때문에 엄마까지 죽는다고 짜증을 부리지 않고 철없는 어린 나비에게 '아가야, 괜찮단다. 좋은 나라로 가서 행복하게 살자꾸나' 말하며 파도의 물갈기 동굴 속으로 죽음을 가야 엄마 나비가 멋져버리지. 요즘 몇몇 사람 같지 않은 엄마가 아기들을 처버리는 나비만도 못한 인간에게 교육적 차원에서 하는 말인데.

엄마 나비가 철없는 어린 나비를 꼭 안고 뭍까지 시체가 밀려왔는데 동료 나비들이 바닷가에까지 와서 걱정하다가 결국 시체를 보고 너무 애처롭고 안타까워서 비뚝밭 둑에 묻어 주고, 비석을 세워서 '엄마 나비와 철없는 어린 나비'라고 제목을 붙이고, 후세에 개구쟁이 어린 나비들에게 엄마 말씀을 잘 안 들으면 둘 다 죽는다는 교육, 교훈이 되어야 소설 이야기지. 어이, 장! 내 말이 맞지?

신 사장님은 나보다 나이가 두 살 더 먹었다고 장 형이라고 말은 안 하고 그냥 '어이, 장'이라고 부른다.

세상 사람들에게 다 져도 고 사장님을 꼭 눌러놓고 싶어 하는 심보가 신 놀부 심보 같다. 그래도 고 사장님은 학벌과 지식은 있으나 돈이 넉넉지가 않으니 만날 얻어먹는 스타일이고, 신 사장님은 강남 똥밭 호박 부자라서 빌딩도 큰 것 두 개나 가지고 있다고 매일매일 돈주머니를 여니 돈 앞에 어쩌겠어. 응아, 응아. 받아주어야지. 오늘도 돈을 내고 계산을 하겠지만 '개코나 맞긴, 개가 몽둥이를 맞아라!'

"아뿔싸! 요 조뎅이가 또 실언을 했구먼요잉! 우리 집 강아지 말티즈 써니가 나이도 많은 오팔 년 개띠가 대번에 '멍멍 캑캑 빙글빙글 캑캑' 하며 우리 아빠 되게 무식하다, 개가 몽둥이 맞고, 거북이가 토끼가 앞서가는 꼴을 못 보고 용왕님이 부른다고 속이고 토끼 간을 빼먹고, 호랑이가 담배 피우던 시절은 단기 3년 때 케케묵은 일이에유."라며 현재 법은 헌법 조항에 개에게 손찌검을 하면 동물학대죄에 해당되어 벌금 아니면 감방 간다는 것 알아유, 몰라유? 그리고 개를 잘 데리고 다니라고 목줄 안 하면 5만 원 벌금, 써니 똥 꼭꼭 잘 휴지로 두 번 세 번 닦아서 비닐에 담아서 일반 쓰레기통에 버리지 않으면 벌금 10만~50만 원. 아셨죠? 개를 사랑하면 개의 뒤치다꺼리를 잘해야 모든 사람에게 개가 사랑받을 수 있다는 것을 우리 아빠 견주로서 꼭 지켜야 하는 거 아셨죠잉!

와! 우리 써니 되게 똑똑하다, 얘! 아빠, '나' 개 교육장에서 3개월 수강하고 온 것 아시죠? 알았다, 알았으니 개는 좀 빠지고 나비 이야기해야 해, 야!

나비 이야기는 장 형이 라스트 마무리해야겠죠잉!

엄마 나비가 철없는 어린 나비를 차고 올라서 여기까지는 다 맞고요. 신 사장님 말씀대로 뭍까지는 너무 멀어서 아기 나비에게 엄마와 함께 꽃이 펼쳐진 좋은 나라로 가자고 하고 바다로 내려가려고 하는데 그때 마침 바야흐로 그 옆으로 바짝 지나가는 돛단배 한 척이 이었으니, '슐라무니 우야꼬마! 아, 이런 행운이 있을 줄이야. 꿈엔들 알쏜가' 엄마 나비는 마지막 힘을 다해서 돛단배의 황포돛대 위에 날아올라서 뭍으로, 뭍으로 황혼 빛 받으며 은빛 파도를 가르며 오고 있었습네다.

철없는 어린 나비는 엄마 품에 안기며 '엄마 미안해요, 앞으로는 엄마 말씀 잘 들을게요'라고 했고, 엄마 나비는 어린 나비의 머리를 쓰다듬어 주며 '아가야, 엄마는 괜찮단다. 이다음에 커서 훌륭한 나비가 되려면 어릴 적에는 호기심이 많아야 콜럼버스처럼 신대륙의 꽃밭을 발견하든지 만들든지 할 것이고, 발명왕 에디슨같이 병아리를 만들겠다고 달걀을 품에 안고 닭장 속에 들어가는 엉뚱한 짓을 잘하는 아이가 훌륭한 나비가 된단다.'라고 말한다.

엄마 나비는 둘 다 죽을 뻔했는데도 어린 나비에게 꾸중 한 번 안 하고 기를 팍팍 살려주고, 어린 나비는 그로 인해 미안함으로 더 성숙해 가는 이야기. 해피 코리아 어머님들, 이럴 때 박수 짝짝짝 보내줘서 제가 만날 아내에게 구박받는 기를 팍팍 살려주면 안 될랑가유잉!

하하하, 이거 장 형이 지어낸 거유?' 아니겠지, 자자자, 장 형이 지어냈거나 말거나 잘들 들어. 역시 통머리 큰, 대갈통님도 큰 나 사장님이 신사임당 5만 원 지폐 테이블 위에 탁 때리며, 장 형이 좋아하는 청하 한 병, 소맥 하게 맥주 두 병, 소주 한 병, 안주 한 사라 추가요. 나머지 계산은 오늘도 강남 똥 호박밭 부자님이 계산하고 지식인 고 사장님은 오늘도 공짜 매상 올려줘요잉!

스포츠댄스 학원 겸 식당 자영업을 운영하는 나는 이렇게 매일매일 술을 먹었으니 위에 구멍이 세 곳이나 터져서 앰뷸런스를 타고 응급실로 실려 오고, 간암은 꽃밭에 술을 들이부었으니 오전 술에 취한 간암은 지 애비도 못 알아보고 길길이 뛰었으니 교수님이 항생제 주사를 놓고서야 겨우 잠잠해졌다. 내일은 간암 제거 시술을 초음파 고주파로 지져서 도려낸다고 하니 나는 또 죽음과 생의 갈림길에서 아픈 고통을 인내해야겠지.

이혼

해맑은 모습으로 손에 봉투를 들고
나의 사무실로 찾아와서
커튼이 내려진 창가에 붙어 선 채
횡횡 눈에 불을 켜고 쏜살같이 지나가는
차들을 물끄러미 내려다보는
여인이 있다
언뜻! 선생님…! 이해가 가기 전에 꼭 해야 할 일이 있어요

우린 수년을 애정엔 곰팡이가 서린 채
그래도 방치해 왔더랬어요
누구의 잘잘못은 서로 반반으로
생각해 버릴래요

선생님…!

나의 이 무겁고 긴 침묵들을 눈이 내리는
이 겨울에 다 묻어 버리고
새봄이 오면
팔딱거리는 이 생명에도 작은 꿈
키워 볼래요

아, 결혼, 그리고 이혼
애써 홀가분해지려고 어설프게 웃어 보이는
그녀의 표정에는
어두운 그림자가 드리워 보였다

선생님! 나 갈래요
핸드백을 걸쳐 메고 휭 나가려는데
내가 왜 이리 텅 빈 마음이지?
'저…'
뒤를 돌아보는 그녀에게
너무 슬픈 마음 갖지 말아요. 그리고
웃음도 보이지 말아요

고개를 끄덕이는 그녀의 두 눈엔 핑
눈물이 고였고
왠! 날씨가 이리도 찌뿌둥하지

눈이 오려나

1988년 11월   -유-

아침에 교수님 회진이 있었고, 오늘 오후에 간암 제거 초음파 시술이 있음을 확정해 주셨다. 영상클리닉 전문의 교수님과 충분한 분석을 했고, 시술 후 출혈이 있을 수 있다는 것과 시술이 끝나면 바로 CT 촬영을 마치면 병동으로 옮겨질 것과, 그 후 진료는 CT 촬영을 보며 결정한다고 오늘의 진료를 말씀해 주시고 가셨다.

2년 전부터 간과 폐에 파스를 붙이고 일해 왔다. 좌측 폐가 따끔따끔 겨드랑이까지 아팠다. 어떤 사람이 좌측 겨드랑이가 아파서 병원에 갔는데 폐암 3기라고 해서 수술을 받았다는 이야기가 꼭 나와 똑같은 증세인 것 같았다.

밤이면 마른기침에 쇠 긁는 소리가 나면 옛 어른들은 안 좋은 기침이라고 했고, 아침에 일어나면 목에 가래가 달라붙었다가 검은 덩어리로 나올 때는 혹시 피까지 나오게 되면 어떻게 해야 하나 걱정했었다. 그래서 짐작으로 간암과 폐암 합병증일 것으로 추측하고 매일 술을 먹으며 일해 왔었다. 내가 죽음보다 더 두렵고 자존심이 상하는 것이 '폐' 자다. 남에게 혐오스러움과 피해를 주어서는 안 되기 때문이다.

그래서 병원 응급실에서 중환자실로 옮겨지고 담당 교수님이

정해지고 오전 첫 회진 때 나의 폐가 좋지 않은 것 같다고 말씀 드렸다. 내가 죽어도 남에게 전염될까 봐 걱정이 항상 마음에 있었기 때문이다.

교수님은 집안사람 중에 폐로 죽은 분이 있느냐며 물었고, 나의 집안 어른들과 돌아가신 분들을 대충 떠올려 보았지만 단 한 사람도 폐 질환자는 없었다. 교수님은 X-ray로 찍은 폐를 보았으나 현재는 이상 없는 것 같으니 우선 생명이 급한 것부터 치료해 나간다고 말씀하셨다. 하지만 내 마음은 아직도 꺼림칙하다.

오후 4시쯤 영상클리닉 시술실로 옮겨졌다. 접수실에서 생년월일과 이름 등을 기재하고 바로 시술실 기계 아래 시트에 누워 있었다. 간호사가 먼저 들어와서 내 간을 중심으로 기계들을 이리저리 맞췄다. 내 등 아래에 비닐을 넓게 넣는 것이 시술 때 피가 제법 많이 나오는 것 같아 섬뜩했다.

간호사는 주사 대롱에 여러 주사액 비닐과 수혈과 진통제 등을 걸어 놓고 마지막으로 초음파 기계인지 우리 집 진공청소기 막대기 흡입 빨판때기 같은 것을 내 간 바로 위 30cm 정도의 위치에 맞춰 놓고, 교수님이 조금 늦을 것 같다며 기다려야 한다고 말하고 나갔다. 수술실에 누워 생사의 갈림길에서 사투를 기다리는 시간이 길수록 불안과 고통을 견뎌 내야 할 두려움에 숨을 가다듬어 본다.

새삼 내 간을 빤히 내려다보고 있는 청소 막대기에 붙은 빨판때기가 조것이 나의 운명을 죽음과 생의 판가름하는 최신형 초음파 기계인가? 초음파 기계가 뭐 저렇게 부실하게 생겼는지 희한하다. 조것이 뭘 한다고 내 간을 빤히 내려다보고 내 간을 잡아먹을 것같이 겁주고 있네.

MRI 기계같이 덩치나 좀 크고 기계가 가동되고 사람이 들어가면 소리라도 웅장하게 '우우웅' 하며 뭐 한 가닥 할 것같이 '두두두두 두두두두' 한다. 에라, 나도 모르겠다. 요로코롬은 되어야 최신형이라고 하지.

다시 한번 최첨단 초음파인지 뭣인지는 몰라도 내 간을 째려보고 있는 꼬락서니가 초음파 기계인 것 같은데 아무리 보아도 우리 집 진공청소기 막대기와 그 아래 달린 빨판때기같이 생겨가지고 그 꼴로는 애당초 태어나지 말았어야지, 그 꼴로 뭐 때문에 왔느냐, 왔느냐, 닭 잡으러 왔단다, 왔단다. '놀고 있네' 그려! 네가 한강 고수부지에 날궂이 하는 아줌마하고 놀았으면 놀았지, 네 꼬라지하고는 안 놀겠다.

나는 시큰둥하게 시선을 돌리려고 하는데 어디선가 언제인가 한 번쯤 들어본 낯익은 소리가 들려왔다.

"어이, 장 형, 무명 시인님. 그동안 잘 지냈는가?"

"에라, 내가 잘 지냈으면 지금 간암이 걸려서 수술대에 누워 있나?" 나는 열이 확 받쳤다.

"아참! 그렇구나, 미안. 장 형, 잘 봐, 나를 모르겠어? 나란 말이야."

"지랄 염병하고 자빠졌네. 나고 나발이고 기계가 어디서 사람에게 반말이야. 내가 아무리 죽을병에 걸려서 최신형 초음파 기계인지 개뼈다구인지 신세를 좀 진들 아직은 생명이 붙어 있는 사람 인간이란 말이야. 하나님이 이 세상 이 지구 땅에선 모든 만물을 관리하라는 '반장' 암 반장 완장을 팔뚝에 차라고 착 하사하며 공존 암! 공존, 공존이 뭣이더라? 무시기 그시기 아무튼 잘 돌아가게 하라는 명령을 받은 사람이여! 사람 어디서 멀대 판대기같이 생긴 초음파 기계가 까불대고 있어."

"어~이 장 형, 무명 시인님. 나를 잊어버렸구나. 이해는 해. 몇십 년을 너무 삶에 시달리느라 나 같은 것은 안중에도 없었겠지. 나, 나란 말이야. 무명 시인님이라고 이 세상에서 누가 불러주겠어. 나만 무명 시인님이라고 불러주는데도 기억이 안 나, 장 형?"

"그렇다. 무명 시인님이라고 불러준 너는 32년 전에 고척교 그 사마귀가 아닌가. 아, 내 눈에 눈물이 고이잖아. 이 나쁜 놈아!"

여기서 나는 더 이상 글을 못 쓰고 눈물 콧물 닦으며 도저히 글을 쓸 수가 없어 펜을 놓았다. 한참을 숨을 몰아쉬어도 감정이 풀리지 않는다. 정말이지 소주 딱 한 잔을 마셔야 한이 풀릴 것 같은데 교수님이 "술을 드시면 안 됩니다." 하고 말씀하실 때 교수님 앞에서 마음으로 맹세한 3년까지는 한 잔도 마시지 않고, 그 후에 딱 한 잔은 하리라고 맹세를 했는데 죽음 앞에서 맹세한 것이니 꼭 지켜야 인간이제.

그러고 다시 초음파 기계를 보니 사마귀가 35도 각도로 내려와서 내 간을 투명한 눈깔을 요리조리 굴리며 나를 알은체하고 있지 않은가. 나는 깜짝 놀라서 하마터면 시트에 누운 채로 뒤로 밀려날 뻔했다.

"놀래긴! 이제야 알아봤군. 장 형, 나 환생했어. 그대가 내 시신을 거두어 노을빛 잘 드는 곳에 묻어 주고, 봉분을 만들어서 토닥토닥 정감으로 두드려 주고, 하얀 감창풀꽃과 이름 없는 햅뜨게 하얀 꽃을 꺾어서 내 무덤 앞에 놓아 주고 좋은 곳 가라고 묵념 삼배 해주고 명복을 빌어준 덕분에 광명의 세계에서 잘 지내고 있는데 어느 날 이승으로 환생하고 싶으면 환생하라고 하셨지롱! 그대 무명 시인님이 정말 고마우이. 그리고 반갑네. 무엇으로 환생하고 싶으냐고 묻길래 생명체는 또 아픔과 슬픈 죽음이 있을 것 같아. 그때의 너무 아픈 기억들이 떠올라서, 그리고 조금 장 형의 운명을 보여 달라고 해서 아무래도 은혜는 갚아야지. 안 그런가, 무명 시인님. 그래서 사마귀 모양으로 초음파 기계로 환승해달랬지롱!"

"어쨌든 잘했네. 오늘은 내가 너의 신세를 저야겠구나. 네가 투명한 두 눈으로 나의 간암 세포를 한 티도 남겨 놓지 말고 교수님에게 잘 전달해서 내 생명을 구해다오. 세상에 참 이런 일도 다 있구나, 그지!"

"무명 시인님, 너무 걱정하지 마. 내가 점 하나, 세포 하나, 교수님에게 전달하고 지시를 받는 대로 암세포를 확실하게 제거해서 들어내 줄 테니. 고통은 좀 참아야 할 걸세!"

"야, 사마귀 벌레야!"

여러분, 내 말투가 좀 이상하지 않나용? 이런 걸 두고 무어라고 표현해야 되남요? 죽으려고 간암에 걸려 졸아 있는 간땡이가 부었으니 사마귀 백이 생겼다고 우쭐대고 가고 다시 폼 딱 잡고 있는 좀팽이 말투가 아닌감유!

나는 이 세상에서 제일 무섭고 소름끼치고 징그러운 것이 사마귀 너란 말이야. 뱀은 막대기만 있어도 나에게 못 달려들게 할 수가 있고 피하면 되는데, 너는 날아서 달려들면 아무리 도망가도 속수무책이고 너의 투명한 두 눈알을 요리조리 굴리면 이 지구 땅 구석까지 훤히 보고 있는 것 같아서 내가 어디에 숨어도 너의 눈빛을 벗어나지 못할 것 같단 말이야.

너의 두 앞발은 톱날같이 생겨서 금방이라도 내 얼굴에 날아와 달라붙어서 내 얼굴을 할퀴어 놓고, 너의 묘한 이빨로 살아 있는 메뚜기를 야금야금 파먹으며 눈알을 요리조리 굴리면서 '맛있어서 죽겠음!' 하는 표정을 지을 때는 정말이지 소름이 쫙 끼쳐. 오금이 저려 오줌을 찔끔찔끔 싸며 엄마야, 하고 도망을 치면 자꾸 내 뒤를 날아와서 내 목 뒷덜미에 달라붙어 내 목을 메뚜기처럼 파먹는 생각을 하면 너는 꿈에도 나타나면 안 돼야!

어른들의 말에 의하면 사마귀가 오줌을 쭉 싸서 눈에 들어가면 눈이 봉사, 참봉이 된다고 안 하딩겨잉! 네가 방향을 내 쪽으로 꽁무니를 싹 돌려서 내 눈에 너의 오줌이 들어갔다고 해 봐. 나는 세상을 못 보는 봉사 참봉이 될 터이고 나에게 딸이 둘이 있기는 한데, 심청이가 되어줄 년은 한 년도 싹수가 안 보여야잉!

　이런 내가 어떻게 사마귀의 처참히 짓이겨져 있는 시신을 수습해서 무덤을 만들고 봉분을 만들어 토닥토닥 두드리며 가련해서 하얀 감창풀꽃과 이름 없는 잡풀, 하얀 햅뜨게 꽃을 꺾어서 무덤 앞에 놓아두고 묵념 삼배 올리고 좋은 곳 가라고 명복을 빌고, 어두워지고 나서야 내 사무실로 돌아왔는지 이해가 안 돼야! 그지! 지금은 죽어가는 내 목숨을 구한다고 네가 최첨단 초음파 기계로 환생을 해서 나를 살려보겠다는 이 현실이 말도 안 되지! 그지! 세상에 이런 일도 다 있구나 싶다! 그지잉!

　사마귀야, 너의 시신을 묻어 주고 돌아와서 이런 생각은 했었다. 부처님 계시는 절에 가 보면 절 입구에 길 양쪽에 큰 사자상이 악귀들이 얼씬도 못 하게 지키고 있고 대문을 통과하려면 사대 천왕문 좌우에 용의 머리, 쥐와 호랑이 상들이 험상궂게 창, 칼, 도깨비방망이를 들고 부처님도 보호하시고, 부처님에게 찾아오시는 분에게도 나쁜 운, 악귀들이 붙어 있거나 따라오면 구만천 봉으로 도망가게 하여 부처님 뵈러 절에 오시는 것만으로도 좋은 기를 받아 가듯이 그래서 내가 죽어 저승에 갈 때가 저승에 있을 때 험악한 악들이 나를 시험하려 할 때도 언제나 나를 보호해줄 것이다, 생각은 했었지. 부처님 절 앞 양쪽에 사자상이 지키고 있다면 나는 이 세상에서 제일 무서운 사마귀 두 마리 상이 날개를 펴고 구만천리를 보고 있는 너의 투명한 두 눈알을 굴리고 톱날 같은 앞발을 세우고 나의 앞길에 캄보카와

보디가드를 한다고 생각을 한번 해 봐. 와, 멋져 부러잉! 암만! 멋져 부렀지. 부처님을 보호하는 사자상보다 훨씬 멋져 부렀어 잉! 사마귀 멋쟁이 파이팅! 아자자!

그런데 사마귀야, 한 가지만 더 물어보자. 그날 너를 돌로 여러 번 내리쳤던 그 아이들이 지금은 어른이 되었을 테고, 만약에 그들이 병마로 나같이 네 앞에 온다면 너는 치료는 해 주겠지만, 내가 너라면 아무래도 그때 너의 처절한 아픈 기억들이 생각이 나서 뭣이라? 암만! 거시기 너의 마음은 어떨는지.

"에이! 바보 무명 시인님. 그대의 시에 툭하면 환승, 환승, 하면서 아직도 환승의 뜻을 모르시나 봐.

＊똥녀 : 똥같이 더럽게 노는 여자

＊뙇녀 : 똥이 시쿠룸하고 요리끼리하게 더럽게 노는 여자

＊요상하다 : 속알이 있어 보이는 이상한 것

＊이상하다 : 정상적이 아니고 이상한 것

＊요리끼리하다 : 배배 꼬이면서 요랬다 조랬다 이상하다는 것

＊가자 : 둘이라도 가자는 뜻

＊가즈아! : 여럿이 휘몰아 가자는 뜻

＊꿍꼬또 : 잠꼬대

＊낄낄빠빠족 : 낄 때 안 낄 때 빠락빠락 끼어드는 얌체 연인

＊아 : 입을 벌리고 확신이 있는 발음일 때

*어 : 입을 조금 벌리고 한 자락 깔아 놓을 때

*조금 : '작게'라는 뜻이고 콩 정도 이상

*쬐금 : 아주 작게. 녹두 정도 이하

장 형! 척하면 삼천리금수강산, '꽃' 하면 진달래, 연산홍꽃, 철쭉꽃, '아침' 하면 영롱한 이슬, '나라' 하면 참 나라, '돈' 하면 5만 원권 신사임당인 줄은 알아야제.

까마귀 날자 배 떨어지고, 빠졌다 하면 삼천포로 빠진 줄 알아야제. 그러니께 여기에 장 형 문구가 지랄 같아도 다 이유가 있다깽잉!

환승이란 10만 차원의 신의 세계로써 현재 우리가 추구하고 있는 3차원, 4차원, 5차원의 세계로서 눈에 보이지도 않으메! 대충 이해를 하든 말든 하는 것이야. 예~잉! 이승의 모든 일은 애착이야. 애착을 다 털고 나면 투명한 옥구슬같이 맑고 청명한 세계를 말하는 것이야. 그러니 그들이 아픈 몸으로 여기에 온다면 사랑의 애틋함으로 영상클리닉 교수님들과 짝짜꿍이 되어 혼신의 힘을 다해 생명을 소중히 귀하게 생각하고 치료해 줄 것이니 바보 무명 시인님은 청승맞은 궁상을 떨지 마세요. 알았죠?

한참 후 영상클리닉 전문의 여 교수님이 녹색 가운과 녹색 두건을 뒤로 동여매고 들어오셨다. 녹색 가운과 두건의 색상이 사마귀의 녹색보다 좀 더 짙은 것을 보니 직위가 한 수 위인 것 같다.

간호사가 미리 준비해 놓은 것들을 일일이 재정비하면서 긴장

된 듯 세밀한 위치 선정을 하는 여 교수님의 모습에 나도 긴장이 되어 숨을 죽인다.

내 우측 간 쪽으로 바짝 붙어 앉으며 좌측에는 컴퓨터를, 우측에는 초음파 기계를 동시에 보며 초음파 기계를 움직이기 좋게 아주 세심히 확인한 후 조금 더 바짝 당겨 앉으며 투명 장갑을 끼고 다시 한 번 숨을 고르는 모습에 나는 모든 것을 포기한 채 여 교수님 아래에 누워 제물이 되었다.

죽어가는 촛불이 꺼져 가는 이 와중에도 간암 시술 나의 담당 전문의가 여 교수님이라서 한 번 더 힐끗 보아지는 이 심사가 에라, 한심한 놈으로 비하되어 똥박, 피박을 뒤집어쓰고 낯들고 세상에 어이 나갈꼬, 이 인간아!

얼핏 본 여 교수님의 모습이 차가운 냉철피로 섬세하고 까탈스러워 바늘로 찔러도 아얏, 소리 없는 표정 하나 변하지 않을 여자 의사 교수님 같았다. 턱이 약간 주걱턱으로 사주팔자가 좋고 세상에 존경받을 풍모에 정감도 간다.

두건을 쓰고 있는 모습에 흡사 마귀할멈 같다고 해야 하나? 멈칫! 그건 안 될 말이고 마귀 미시같이 찬 서리가 내리는 중년 탤런트 000같이 사극에 나오면 인상 한번 쓰면 아랫것들은 오금이 저려서 두 번 되물어 보다간 어떤 몽둥이로 맞을까 봐 슬금슬금 기다가 도망을 가게 하는 의술의 중압감에 나의 생명을 맡기고 나는 눈을 감았다.

예리한 칼날이 간 위의 맨살을 쓱 긋는 섬뜩함이 느껴졌고, 무엇이 내 우측 간 속을 쑥 들어오는 아픔은 잠깐이고 큰 파도 위에서 윈드서핑을 하는 아슬함에 울렁거리는 파도가 덮쳐 와서 바닥에 붙어 있는 껍딱지를 쇠칼로 끌어내며 피와 간을 잘라 오려서 바깥으로 빨려 나가는 섬뜩함에 숨도 못 쉬었다.

숨을 쉬려면 또 파도가 덮쳐 오는 죽음과 생의 사투가 파도의 동굴 속에 휘말려 의식을 잃으며 희미하게 죽어가고 있었다. 40분 이상의 시간이 지났을까? 얼마의 시간이 지났는지는 모른다.

"다 끝났습니다."

여 교수님의 그 말씀이 하나님 음성으로 들려오고, 죽고 살고 보다는 우선 숨을 쉴 수가 있어서 안도의 작은 숨을 쉬어 본다. 간암 제거 시술 초음파 고주파 시술은 끝나고, 여 교수님은 장갑을 벗으면서 "생각보다 시간이 많이 걸렸네요."라고 했다. 간호사와 서류 접수 간호사도 이구동성으로 시간이 너무 오래 걸리는 것 같아서 걱정스러웠다고 하며 안도의 숨을 쉬는 것 같았다.

내 아내는 간호사들의 늦어진다는 말에 또 한번 애가 타들어가는 불안과 초조 속에 가슴을 쓸어내려야 했다.

왜 시간이 생각보다 오래 걸린 것일까? 언뜻 불길한 생각이 스쳐 지나간다. 3cm의 암이 생각보다 더 깊게 덩어리져서 그랬을까? 1cm 암도 있어서 시간이 더 걸렸겠지. 술을 많이 먹어서 암 덩어리가 터지지는 않았겠지? 아닐 거야.

나의 사마귀의 영혼이 좀 더 세밀하게 하려고 여 교수님과 최대한 마무리까지 깔끔하게 하려고 늦어졌을 거야. 병원에서의 수술 시간이 생각보다 더 길어졌다면 그것은 불길한 생각인데도 나는 애써 사마귀의 영혼에 기대어 본다. 주막집 평상 마루에 누워 처마 밑에 달아 놓은 등불은 바람에 흔들거리고, 나는 뭇 망상들이 엑스트라들만 모여 궁상을 떨어본다.

CT 촬영장으로 이동하려고 나의 침대를 밀려는데, 영상클리닉 여 교수님이 간호사에게 살짝 간암 제거 시술 때 출혈이 많았다고 하자, 간호사가 놀라는 표정으로 나의 간 시술 자리에 손바닥만 한 거즈를 붙인 것을 시트에 밀착되게 내 몸을 우측 모서리로 눕게 하고 신경을 쓰며 불안해하는 느낌이 든다.

CT 촬영실 앞에 있던 나의 담당 여의사 선생님에게 인수인계를 하면서 출혈이 심했다고 무서운 말을 하고 자기는 여기까지 책임이 끝났다는 말을 하고 도망가듯 가는 모습이 흡사 시체를 팽개치고 책임 회피하는 느낌을 받는 환자의 마음은 표현이 안된다.

죽고 살고에 걱정보다는 간에 붙여 놓은 거즈에 피가 새어 나올까 봐 조심스럽고 신경이 간다. 나의 담당 여의사 선생님도 걱정스러운지 나와 가까이 서서 나의 담당 교수님에게 보고했고, 교수님은 퇴근 시간인데도 달려와서 CT 전문의와 CT 촬영을 들여다보며 나에게 출혈이 있었으니 일단 병동으로 올라가서 있으면 CT 사진을 교수실에서 세밀히 분석 검토한 다음 진료를 결정하겠단다. 교수님의 표정도 무거운 그림자가 드리우고 있음이 환자의 마음속에 보인다.

병동으로 올라온 나는 점점 혼수상태로 빠져 가고 나의 보호자가 급히 간호사를 부르고 퇴근할 시간에 교수님과 여의사 선생님이 급히 뛰어왔다. 여기저기 맥박과 상태를 확인하고 양쪽 눈알을 열어보고 눈의 초점이 죽어가고 있음을 확인한 후 빨리 중환자실로 옮기라는 교수님의 명령에 침대째로 일사불란하게 움직인다.

기다려야 하는 엘리베이터도 다른 중환자의 침대도 양보를 구하고 위급 상황 발생으로 병원 안에서 내 침대가 앰뷸런스가 되어 선착순으로 엘리베이터도 타고 복도로 밀고 간다. 나의 의식은 점점 희미하게 TV에서 본 그대로 교수님까지도 앞에서 캄보카 하면서 가고 있고, 내 가족들은 울면서 따라오는 것이 어렴풋이 끌려가고 있음도 어릿해지는 것 같았다.

중환자실에 실려 온 나의 몸에 여러 의사 선생님이 새로운 모습도 있고, 교수님도 급하게 무엇을 준비하는 것 같았다. 여기저기 심장 맥박기를 붙이고 이동식 X-ray로 또 사진을 찍어 분석한다.

영상에 뭣이---------보이고 TV 연속극에서 보면 위독한 환자의 영상이 ------ 이 표시로 죽어 가면 환자도 죽어 가고 릴리리이 표시가 멈추면 환자의 숨도 멈추고, 교수님의 최종 판결 눈을 양쪽으로 까뒤집어보고 목에 맥박을 짚어보고 사망으로 담당 교수님의 판결 선고가 떨어지면 하얀 천으로 내 얼굴까지 덮어씌우고 내 영혼들에게 "열중쉬엇, 차렷, 뒤로돌앗! 산천초목 골로 향하여 앞으로 캇!" 하면 나는 이 세상을 뒤돌아보며 또 돌아보며 철사 줄로 두 손 꽁꽁 묶인 채로 내 가족들이 울며불며 따라오는 모습을 뒤로한 채 한 많은 미아리 고개를 넘어가야 할 때 흰 눈보라가 치는 날 밤, 내 영혼들은 하얀 나비가 되어 내 육신을 버리고 날아가는 모습이 지난 밤 꿈에 애타게 부르던 아쉬움에 잠은 깼건만 '나는 지금 어디에 있는가!'

지금 환자는 간암 초음파 고주파 시술 때 암의 크기가 3cm를 넘어섰고, 그래서 출혈이 많았고 현재 몸속에 있는 피가 나의 생피가 아니고 수혈받은 피고, 당뇨까지 있어서 출혈이 빨리 멈추지 않아서 현재 우측 폐까지 피가 가득 덮여 있단다. 참 세상 뭣 같아서 못 살겠네, 기어이 기어코 '폐' 자를 꼭 넣고 죽여야 하는감유!

에이 씨 D! 하나님, 부처님, 공자님, 소크라테스님! 세상에 이럴 수가 있남요? 애당초 '폐' 자로 죽이면 이렇게 억울하지는 않을 텐데 실컷 요리 죽일까 말까 조리 살릴까 죽일까 신이 내 죽음에 '폐' 자는 빼줄란가 싶어서 내 가족들과도 이미 희희낙락 쉬쉬, 해 가며 웃었고, 나는 신이 하라는 대로 요리조리 다 했는데 결국 세상 사람들에게 선물할 예쁜 나무 상자 포장 위에 폐할 '폐' 자의 낙인을 꽉 찍어 놓아야 이제 심사가 풀어졌남요? 나는 평생 폐에 물이 찼다는 소리는 들어 봤는데, 폐에 피가 가득 찼다는 소리는 처음 들어본 것인데 하기야 신이야 무언들 못 갖다 붙이겠습니꺼? 아예 허파에 무좀 옴이 파먹었다고 하지 그래요? 세상에 하나 되는 게 없이 치이고 이제 죽음에 내가 가장 혐오스러워하는 '폐' 자까지 나에게 안겨 죽이남요?

병동 내 침대 바로 옆의 환자가 폐에 물이 찼다며 밤새도록 가습기를 내 쪽으로 틀어 놓고 콜록콜록 숨을 헐떡이며 목구멍에서 가래를 뱉으며 죽음보다 더한 고통을 견디어 밤을 새는 것을 보면서 한편으로는 안타까운 마음에 동정심이 가지만 다른 한편으로는 공기 중에 폐 균이 나에게 전염되지 않을까 싶어 혐오스러움을 느꼈는데, 결국 나에게 죽음보다도 자존심이 더 상할 '폐' 자를 나에게 주는 신이 얼마나 속이 상했으면 신이고 나발이고 지랄 염병을 하든지 더 하고 싶으면 하라고 나는 자포자기로 눈을 감았다.

폐에 물이 차는 것은 다른 수술 후에 신장의 기능이 약해져서 소변이 막혀 그 물이 나갈 곳이 없어서 폐로 올라간 것이고, 폐에 피가 찬 경우는 극히 드문 일이라고 물이나 피가 폐에 차면 호흡곤란으로 그다음 다른 장기로 넘어가면 생명을 잃게 된단다. 그래서 병원에서는 수술하고 나면 제일 신경을 쓰는 것이 첫째는 수술한 약한 부위에 세균이 달라붙을 위험이 있으므로 소변과 체온과 체열 검사를 중요시한단다.

체온이 떨어지면 내 몸속의 나의 유익균들이 힘이 떨어져서 나쁜 균이 들어올 때 싸울 힘이 약하니까 위험하고 체온이 39도 정도 올라가면 이미 수술한 곳이나 약한 곳에 염증 균이 생겼다는 것이므로 조심하고 신경을 쓴단다.

나중에 알게 된 것인데, 폐에 물이 차거나 폐에 피가 찬 것은 현재는 폐병이 아니라는 것을 나중에야 알았는데, 지금껏 '폐' 자만 나오면 모두 폐병인 줄 알고 물병이고 폐에 피가 찬 것은 피병이니 미리 겁내지 말고 암행어사 마패로 출두요, 해도 마패가 진짜인지 가짜인지 확실히 확인해 보고 체포영장이요, 하고 들이밀어도 겁내지 말고 죄가 있으면 받아야 하제, 헌데 무슨 죄인지는 알고 끌려든 걸어가든지 해야지요. 이 무식깽이는 '폐' 자만 나오면 무조건 벌벌 떨었던 것이 새삼 창피해서 쥐구멍이나 있으면 그곳이라도 들어가서 숨고 싶은 심정이니 어찌하면 좋대요?

어이, 장 형! 지금 쥐구멍에 들어갈 시간이 없어요. 지금 바로 초음파 정맥 시술 수술로 들어가야 돼요. 내 주위로 여러 의사 교수님들이 가위 들고 뭣 들고 장갑 끼고 이번에는 TV에서 나오는 진짜 수술을 할랑가 봐유! 에라, 나도 모르겠다고 눈을 감긴 감았는데 정맥 시술이란 또 무엇인고? '동맥' 하면 팔뚝이고 발등이고 우리 몸의 굵은 심줄은 동맥이라는 것을 대충 알고 있는 것이고, 어느 예술가가 정신병원에서 자기 동맥을 끊고 자살하려고 했다, 요 정도는 알고 있는데 정맥은 어디에 붙어 있는 것인지 어디에 쓰는 물건인고를 의학 상식이 없는 나는 아는 것은….

  *무식이 : 바보 지식이 없는 천치 바보
  *무뢰한 : 예의도 상식도 없는 무대뽀로 덤벼대는 것
  *무대뽀 : 일본이 대포도 없는데 영국의 대포 앞에 막 달
    겨드는 것. 사치기, 사치기, 쌋뽀뽀다.

정맥 시술은 낭심 거시기 바로 옆에 우측 사타구니에 있는 혈관이 정맥 심줄이다. 그곳의 혈관을 잘라서 아래로는 피가 못 새게 해 놓고, 위로는 플라스틱 고깔을 혈관에 끼워 넣고 혈관이 못 오므라들게 해 놓고 그 속으로 샤워 꼭지 같은 가느다란 호스를 집어넣고 정맥을 타고 폐의 위에까지 올려서 수액으로 폐를 샤워를 시켜서 피는 혈관을 찾아 제자리로 돌아가는 것은 가고 제 둥지를 못 찾아가는 불량 피, 방탕 피는 우선 아래로 씻겨 내려가서 죽은피로 내 몸 밖으로 땀구멍의 피부로 밀려 나오는, 또 나를 괴롭게 하는 것이 되겠지.

옛날 같으면 아, 소리 없이 이미 죽었을 몸인데, 나는 운 좋게 최첨단 초음파 사마귀의 영혼 덕으로 세 번이나 죽을 몸을 살리려고 노력하는 것 같다. 요즘은 정맥 시술도 최첨단 초음파 기술로 뇌출혈, 뇌종양 같은 것도 옛날에는 무조건 뇌 뚜껑을 열어야 하던 것을 요즘은 웬만한 것은 내 뚜껑을 열지 않고 정맥 시술이 뇌에까지 타고 올라가서 시술을 하고 치료를 한다니 대한민국 의술이 세계에서 수준급이라고 한단다.

정맥 시술이 끝나고 낭심 옆 혈관을 자르고 이어 놓은 자리에 또 출혈이 많은 것 같고, 소독도 유난히 많이 하고, 거즈도 간암 시술 자리에 붙인 손바닥만 한 크기로 몇 겹을 붙이고, 시술한 자리로 병균이 들어갈까 봐 간호사님들이 여간 신경을 쓰는 것이 아니다. 중환자실의 악몽 같은 밤은 또 이렇게 지나가고 있다.

야스러운 여자

움푹한 젖 봉분 엷게 드러내 보이고
흠칫 정강이 위로 허벅지 보일 듯
내 가슴 조이네

화려하고 야스러운 여자
밤의 불그스름한 조명이 비칠라 치면
어느 남자든 취하지 않을 수 없으리
짙은 화장에 요동한 얼굴 눈두덕 유난히
빛나고
충혈된 눈엔 애원하듯 뭇 남정네를
끌어들여 애끓게 하는
메릴린 먼로보다 더 야한 여자

야스러운 여자 가루지기
버스 속에서 다리를 꼬고 앉았다가
어쩌다가 힙 무브먼트가 움직여질 때는
느닷없이 버스 의자 밑에서 깨르륵 깨르륵 소리가
들려서

사람들은 간밤에 버스 속에 개구리가 들어왔었나
싶어서 버스 의자 밑으로 눈들이 돌아가는
진풍경의 신기루 신비한 성을 가진 여자

중국의 선비와 시인들이 난 꽃 가루지기에
목숨을 거는 신비한 꽃을 가진 여자

MOTEL 하우스에서
반주를 들려줄 테니 나에게 동요 노래 한 곡을
불라 보라고 해서
스미즈 차림의 그녀 앞에서 나는 동요 노래
한 곡을 뽑는다

〈동요〉 노래

엄마가 섬거늘에 ??(이상한 문자) 깨르륵 깨르륵
굴 따러~ 가면 ??(이상한 문자) 깨르륵 깨르륵 깨르륵
아기가 혼자 남아 ??(이상한 문자) 깨르륵 깨르륵
집을 보~다가 ??(이상한 문자) 깨르륵 깨르륵 깨르륵

바다가 불러주는 ??(이상한 문자) 깨르륵 깨르륵
자장 노~래에 ??(이상한 문자) 깨르륵 깨르륵 깨르륵
팔 베고 스르르르 ??(이상한 문자) 깨르륵 깨르륵
잠이 듭~니다 ??(이상한 문자) 깨르륵 깨르륵 깨르륵
나의 노래가 끝나고 그녀의 요상 신비한 '필하모니'의
반주도 끝나면
그녀는 창피한 듯 손가락 이에 앙~ 깨물면서
아~앙! 창피하단 말이야 앙~ 찡그리며
애교 떨던 신비한 성을 가진 여자.

오뚝하지도 야트막하지도 않는 코밑으로
촉촉이 입김 서리같이
기름기 맴돌면
지금은 몹시도 남정네가 그립다는 것은 '쉿!…!'
나만 아는 비밀

은색 치마에 연분홍 저고리 한복을 즐겨 입고
빨간 립스틱을 짙게 바른 입술이
아랫것인 양 삐죽이 내밀듯 애를 녹이고
아릿한 몸매에 요염한 이 여자를 보노라면
해 질 녘 무렵 서산에 붉게 물든 노을을 바라보듯
신비에 넋을 잃고 몽롱히 빠져만 가네.

물 많은 사라 연세대 마광수 교수님의 『가자, 장미의 여관으로』의 즐거운 사라보다 훨씬 위력이 강한 사라호 24호 가을 태풍 때 물에 떠내려가서 죽을 뻔했다가 간신히 허우적거리며 살아나온 나의 풍경화 속의 허들 이야기.

여기서 잠깐 여러분에게 이해를 구해야 할 것이 있다. 세계적인 화가 클림트의 〈키스〉에 대한 감상. 그림은 얼핏 보기에 아래위로 거꾸로 누워 남녀가 애무를 하는 그림이 있던데 그 그림은 세계적인 예술품이라고 칭하면서 글도 문학도 포르노에 미치지 않았다면 예술의 가치가 있느냐 없느냐를 연세대학교의 교수님 정도라면 전문가가 평가를 해 보는 것이 자유 민주주의 가치가 아닐까 싶다.

위에 물 많은 사라를 언급한 것은 26년 전의 일이고, 2017년 9월 5일에 작가 겸 교수님의 자살 소식에 TV를 보며 사라의 글을 줄여버리고 고개 숙여 고인의 명복을 빕니다.

무명 시인 올림

고인의 이름을 올려서 큰 결례를 범하는 것은 아닌지 고인의 명예에 혹시 옥에 티가 되면 어떡하나 망설였고, 내 아내와 저녁 산책 중에 우연히 내 마음에 또 또라이 끼가 반동이 났어! 아내에게 아~참! 아쉽다. 내 소설이 빨리 출판이 되었으면 마광수 교수님을 만나 뵙고 서로 물 많은 사라와 내 사라호 24호의 야스러운 여자 이야기를 나누며 가자, 장미의 여관으로 그곳에서 나의 사라호 24호의 동요 노래,

엄마가 섬거늘에 ??(이상한 문자) 깨르륵 깨르륵

굴 따러~ 가면 ??(이상한 문자) 께르륵 깨르륵 깨르륵

이렇게 이야기로 배꼽을 잡고 웃고 한 번씩 만났으면 아, 자살 죽지 않고 클림트의 〈키스〉의 화가처럼 사라의 명작 문학이 탄생할 뻔도 했는데 나하고 공동 사라 작품의 꿈이 사라졌다.

'아뿔싸! 한발이 늦었으니 이 일을 어찌할꼬!'

이 말을 아내에게 했다가 또 혼난다. 어디서 그런 또라이 같은 소리를 함부로 지껄이고 있느냐, 마광수 교수님이자 작가분은 하늘이면 당신은 땅 밑의 개미밖에 안 되는 것을 알아야지, 아직도 정신 못 차리고 허공에 로또 잡으려 꿈꾸느냐며 당신 개미는 낮에만 일하고 저녁엔 집으로 찾아가서 가족과 오손도손 이야기하는 개미가 못 되고 낮에 활동량을 못 채워서 나오는 것이거나 당신같이 낮에 활동량을 다 채우고도 돈을 더 벌려고 잔업수당 받으려고 나왔다가 구두나 운동화에 밟혀 죽든지 간암에 걸리든지 위 구멍이 터져서 병원에 와도 위험수당도 못 받는

무시기 소설을 쓴다고…. '허' '에라!'

요즘 내로라하는 작가의 소설도 안 팔리고 컴퓨터 시대에 공짜로 돈 조금 내고 컴퓨터 책 보는 세상인데, 당신 컴퓨터 '컴' 자도 모르는 컴맹이지. 컴맹으로 뭘 한다고 시부렁거리고 있는 것이여잉!

이렇게 내 아내는 순간 매번 내 기를 팍팍 깔아뭉개 놓는다. 속이 상해도 이럴 때마다 내 마음을 달래고 어르고 위로하는 것이 있다.

*내 뜻과 맞는 사람과 살아가는 사람은 행복한 사람이고, 내 뜻과 맞지 않는 사람과도 잘 살아가는 사람은 위대한 사람이다

*요로코롬 이 세상에서 미인은 함부로 가질 수 있는 것이 아니메! 찌~롱!

진달래꽃을 사랑하네

봄이 오면
사람들은 밭일을 하다가도 산천에 핀 꽃
진달래꽃을 바라보네
아이들은 창꽃을 따고 싶어 좋아라 하고
어른들은 피맺힌 한들이 꽃 피는 거라

봄이 오면 산천 어디에도 꽃이 피는 거라
꼭 피는 거라
마을엔 개 짖는 소리가 불안하게 들리고
지난겨울에는 산짐승들이
사람의 다리를 물어뜯어
찢긴 다리를 절룩이며 산천의 진달래꽃을
바라보네

한숨 섞인 옹어리를 가슴에 안고
산천에 핀 진달래꽃을 사랑하네
산짐승들도 사람이 쳐 놓은 올무에 걸려서
부러진 다리와 찢긴 사지를 끌며
산으로 도망가서 작은 움터를 잡고
쪼그리고 누워 아무것도 먹지 않은 채 코 틀어박고
죽음과 생의 숨을 헐떡거리고 있다

봄이 오면
산에는 진달래꽃이 피네
다리를 물어뜯긴 사내도 절룩이며
산 능선 위에 있는 산짐승도
산천에 핀 진달래꽃을 사랑하네
진달래꽃이 연산홍꽃으로
변화해도
황매산의 산세가 삼뫼방이 어머니 품속 같아
하늘 아래 땅 위에 핀 꽃 여인의 이름 연산홍꽃
황매산의 철쭉꽃이 피었네
진달래꽃을 사랑하네

중환자실의 새벽이다. 간밤에 울던 새는 어디로 날아갔나. 내 가족들은 바깥 대기실에서 밤을 새우며 상심 속에 타들어 갔을 텐데, 추위의 밤에 옷이라도 두텁게 입어야 하는데, 자존심들이 있어서 죽어도 남에게 추접스러운 꼴은 보이지 않으려는 성격들이라서 고생은 더 하겠지.

내 가족들은 밤새 내 생명이 살아 있는 무사함을 확인하고 딸들은 맞벌이에 출근과 아이들 학교에 보내기 위해서 가고, 아내도 낮 면회 시간에 맞춰서 오겠다는 간호사의 전갈로 알려주었다.

아침 일찍부터 중환자실은 분주하다. 이동식 X-ray로 간과 폐를 찍어 폐에 피가 찬 것이 정맥 시술로 잘 씻겨 내려갔는지 간쪽에는 더 이상의 출혈이 없는 것인지 확인해 보는 것이란다.

토요일도 교수님이 오전 근무는 하는 것인데 이번 토요일은 세미나가 예정되어 있고 내일은 일요일이라서 위급 상황 때는 급히 오시지만 웬만하면 근무하는 교수님에게 맡기고 쉬는 것이란다.

아침에 간호사님들이 정맥 시술 자리에 유난히 신경을 쓰고 소독과 새로운 거즈를 붙이고 소변에 신경을 많이 쓰는 것을 보면 오늘도 또 폐에 물이나 피가 차오를 수도 있는 것을 말해 주는 것이나 마찬가지다.

차라리 119로 실려 왔을 때 위궤양 정맥 과다 출혈로 죽었다면 나를 아는 사람들이 날이면 날마다 술을 그렇게 먹었으니 위에 구멍이 나고 피가 터져서 죽었다고 당연하게 생각하면 나는 얼마나 떳떳하고 행복한 죽음이었을까.

차라리 병원을 거절한 나에게 두 번이나 필름이 끊기고 심장이 멎었을 때 그대로 죽어가게 했다면 남에게 혐오스러움을 주는 '폐' 자는 나오지 않고 편안히 없어졌을 것인데….

그리고 보면 지금 내가 운영하는 가게를 보라. 3억에 목숨 걸고 내 돈 지키려고 1억이라도 내 돈을 건지려고 목숨 걸고 싸우지 않을 사람이 있을까. 보증금마저도 까먹고 나가라고 할 때 정말이지 건물 회장을 어떻게 해서라도 찾아서 죽이고 나 죽자, 아니면 어떻게 감정이 나오는 대로 해 버리면 결국 그깟 인간 하나와 내가 죽음을 바꾸면 나만 큰 손해일 뿐이다.

이 세상 어떤 것이라도 악으로 해결해서는 안 된다. 악으로 해결하면 바로 그때부터 나는 악의 구덩이에 영원히 헤매야 하고, 내 가족들도 악의 자식과 아내가 된다. 참아라, 법에만 정당성이 있음을 알라.

오늘의 어떠한 고통도 악으로는 해결하려 하지 말라. 참는 자는 머지않아 웃음 지을 날이 분명히 온다. 모든 것은 나의 운명이다. 평생을 남보다 조금 더 잘 살려고 저만큼 보이면 신은 또 나를 내팽개친다. 지금도 평생을 꿈속에서 가장 불안하고 허무한 꿈을 자주 꾸는 것은 온전한 직장이 없는 월급도 못 받고 헤매는 꿈을 꾸면 허탈하다.

마지막까지 '폐' 자로 죽는다면 이 세상에 태어나서 70 평생을 삶에 끌려 다니다가 내가 가장 싫어하는 '폐' 자로 신이 내 운명을 그렇게 결정해 놓은 것이라면 이 운명도 받아들이고 말없이 갈 수도 있겠지만 죽음도 잘 먹고 죽은 놈은 얼굴에 때깔이 좋고, 하고 싶은 말을 하고 죽은 놈은 화색이 밝다잖아요.

그래서 오늘은 폐 운을 하사하신 신에게 잔잔한 신의 연못에 작은 돌멩이라도 던져 파문을 일으켜볼까 합니더예.

오늘 시합 제목은 막말 난타전
맞붙을 선수는 신&쫀지리 볼 만한 경기임!

홈 코너 선수 소개, 홈~코~너 선수는 우주세상 천지 만물을 찬조하신 전능하신 하~나~님~ 우우우.

도전장을 낸 좌 코너 선수는, 지금 병원 응급실에서 '폐' 자로 죽을랑가 살랑가 바람 앞에 촛불인 평생을 단 한 번도 이겨본 적이 없는 무슨 99폐의 보유자, 지지리도 재수 없는 쫀~지~이~와와~와~

1라운드를 알리는 가슴 큰 아가씨가 비키니 차림으로 코너 아웃으로 한 바퀴 도는데, 힙 무브먼트는 씰룩씰룩, 풍선만 한 가슴은 울룩불룩, 관중석의 남자들 눈 돌아가는 소리 끼~꺼득.

물론 가슴에 끼이고 싶겠죠잉! 아가씨의 예쁜 손가락으로 v자로 자기 가슴을 만지고 입에 맞춤하고 관중석에 던지는 ♡ 표시 윙크로 살짝, 저녁에 만나자는 사인인가, 아쉽게 내려가는 광경입니다.

'쫀찌리! 역시 못난 놈이 먼저 성질내고 약한 놈이 먼저 주먹이 나가는 것이 딱 맞는군요.' 비리비리 핏기도 없는 주먹이라고 레프트 라이트 훅을 한 방 날려봅니다.

천지 만물을 창조하시고 출산하시느라 얼마나 노고가 많았습니까. 미역국은 한 그릇 드셨습니까.

태양도, 달도, 지구도, 바람도, 물도, 사람도, 짐승도, 벌레 한 마리도, 사랑도, 악마도, 사탄도, 마귀 할망구도, 흡혈귀도, 모두가 하나님이 산통을 겪고 무명 끈을 잡고 창출하신 귀하디귀한 자식들인데, 다 사랑하라, 원수도 사랑하라, 하셨는데 지금 지구의 반장님들, 사람들이 서로 반장 위의 반장이 되겠다고 지성 엠C.를 하는 이게 뭡니까.

모두 다 하나님의 자식인데 누구는 천당 보내고 누구는 지옥 보내고 이게 말입니까, 주가랭이입니까. 삼천리금수강산 한민족 하나님이 창조하신 이 나라 정도는 되어야지요.

*똑똑한 자식은 나라에 바치고, 돈 잘 버는 자식은 장모의 자식이고, 병들고 장애인 사고뭉치 감옥 간 자식들은 이 어미 자식인 기여. 내 자식들아, 힘들고 고통스러워도 참자. 언젠가는 좋은 날 하나님이 주시겠지.

하나님 신이시여, 뭣이 캥기는 것 없는감요? 하나님이 말씀하셨잖아요. 어둠이 있어야 빛의 태양이 소중함을 알고, 악이 있으므로 선이 돋보이고, 아픔의 고통이 있어야 생명이 잉태되고, 일의 노력을 해야 삶의 멋을 알고, 배고프게 일을 하면 음식이 꿀맛이고, 요것이 생명체의 본능이고 행복의 아름다움인데, 천당 극락 가면 만날 배도 안 고프고, 악도 없고, 아픔, 고통, 걱정도 없이 만날 허구한 날 꽃밭에서 메롱메롱 옥구슬처럼 지내는 것이 천국 극락세계다, 시방 이 말씀 아닌가요. 참 좋겠심더. 저는 마, 천당이나 극락세계는 안 갈 것이구만요. 죽었다가 깨어나게 해 주시면 생각해 볼란께요. 그러니 나를 죽였으니 깨어나게 해서 이 땅 지구촌 동네에서 삼천리금수강산 나의 나라 금강산이라도 좀 보고 저승 가야 내 나라 자랑거리가 있지 않겠남요? 그러니 하나님, 신이시여, 눈 딱 감고 또 무허가로 이승으로 오~라잇! 하면 안 될란감유!

'신' 아유, 저걸 콱! 죽여버릴까 살려버릴까. 살다가, 살다가 별거지 발상을 다 만나서 신경 돌아가게 바람 부네. 아, 뒷골 땡겨. 혈압 약 가져와. 어서.

'쫀지리!' 엄살떨지 말아요. 천추태후 사극 연속극을 보면 황제가 툭하면 혈압이 올라와서 금방 콱 뒤질 것 같다가도 작가의 마음인지 실화인지 내는 몰라도 개코나 혈압 약을 찾으십니까?

'신' 야, 쫀지리야, 내가 요즘 혈압 약 안 먹고 배기는 용뿔 빼는 재주가 있겠나? 한번 보라우. 신 못해 먹겠다고 사표 내고 싶은 심정이 한두 번도 아니여!

*가 이애란인가 가수 노래 '100세 인생'인가 보라우.

하나님의 신이 저승으로 데려가겠다는데 뭣이라 어쩌고 저째 그래.

60세에 저세상에서 나를 데리러 오거든 아직은 젊어서 못 간다고 전해라.

90세에 저세상에서 나 데리러 오거든 내가 알아서 갈 텐데 독촉하지 말라고 전해라.

130세 넘어서 저세상에서 나 데리러 오거든 좋은 날 좋은 시에 리무진 장례차 타고 갈 테니 극락왕생 좋은 자리 마련해 두라고 전해라.

어이, 쫀지리 아유, 저것들을 콱! 어, 혈압 약 안 먹고 어떻게 배기겠나 보라우.

'쫀찌리'! 그 보시라우 기왕에 적신 몸 기분 좋게 죽일까, 살릴까, 망설이지 마시고 기왕지사 다홍 앞치마 걸치시고 쫀지리를 이승까지 안내해 주시며 안녕히 금강산에 다녀옵쇼예, 하는 것이 위 신으로서 저 아랫것들 인간에게 교육적 차원에서 현장실습으로 보여주는 것 아닌감유!

'신' 아유, 저걸 콱! 이승으로 보내든지 저승으로 보내든지 담당 교수가 알아서 하라 그래!

와우! 장 형 제법인데? '어쭈구리' 한 건 올렸는데?

아니, 너는 또 누구인데 옆에서 깬세이 놓고 지랄은 지랄이야.

예, 제가 누군가 하면요. 요 아래에 신의 밑에 저 아래 밑에 밑에서 신발 정리하는 반장이구먼요. 반장 완장 안 보이남요?

그래, 잘났다. 요즘 구둣방 반장, 식당 주방장, 다방 레지 반장, 모두 운전면허증 따서 자가용들 몰고 다니며 일주일에 한 번씩은 꼭 쉬어야 하고, 휴가 매년 꼭 다니고 잘 살고들 있다니 부럽네, 부러워. 참 잘되었네. 나는 일요일 한 번 없이 평생을 밤 9시 넘어서까지 일하며 살았는데도 이 모양 이 꼴이니. 심지어는 군대 가서 첫 휴가를 15일을 받아서 오는 데, 2일 가는 데, 2일 오징어잡이 준비, 2일 마무리, 1일 친구 만나서 막걸리 한 잔 먹는 데, 1일 외 7일 동안 오징어잡이 배를 타서 21명 어부 중 최연소 군바리인 내가 2등으로 오징어를 많이 잡아서 돈을 벌었지.

휴가 비용과 군 복귀 때 소대 회식비 외에도 남은 돈은 우리집 천장 구석에 감춰 놓고 군으로 돌아가는 나는 지금 자가용은 돈이 없어 꿈도 못 꾸는 신세야. '예'

하기야 나도 군대 있을 때 반장 한 번 멋지게 해부렀지. 암만! 대대 취사반장으로 탄띠 두르고 대검 탁 차고 오삽 밥 처담는 삽을 탁 쥐고 높은 부뚜막에 척 서 있으면 광화문 앞에 이순신 장군님의 동상이 부럽지 않았걸랑.

어이! 장 형, 제발 좀 웃기지 말고 정신 차리세요. 그깟 군대 취사반은 불량자, 사고뭉치들이 가는 곳인데 그런 걸 자랑이라고 폼 잡고 창피하게 조동아리에서 말이라고 나오십니꺼? 자유당 시대 때 깡패들이 열차 무임승차해서 에~씨 죽쓸니! 청송 교도소에만 ☆을 다섯 개를 달고 이제 사회에서 제2 인생 재활을 하려고 여러 부모 형제님들 앞에서 한 푼씩 구걸하온데 안 주면, 에~씨 죽씀니! 이런 촌놈 겁주던 시대말고 논산 훈련소에서 멋진 간판 하나 달았찌롱! 고것이 먼가 하든 훈련 고문관 이제 중대중 소대장 님도 인정해준 의리의 사나이로 어깨에 힘 쫌 주엇제 암만!

고것의 시발점이 낮에 중대 앞 연병장에 중대가 모여 줄 서 있는데, 내 앞에 소대원이 좀 모자라는 게 군대에 와서 만날 어리바리해서 얻어터지고 하는데, 오늘도 선임하사가 앞에서 줄 똑바로 서, 하는데 내 앞의 애가 좀 어리바리하니까 하사가 핑 날더니 이단 옆차기로 탁 차니까 내 앞에선 애가 팍 고꾸라지는데, 나의 뇌가 헤까닥 가부럿제. 눈앞에 보이는 게 없고 에이씨, 내 앞의 애가 좀 모자란데 군대 왔으면 좀 봐주어야 하는 거 아니여? 시발! 군대고 나발이고 나를 죽이려면 죽여 봐, 라고 무지 맞아가며 바락바락 대들었지.

소대장님이 나오고 중대장님이 오고 난리가 나부렀지. 그날 나를 빼고 훈련을 갔다 오고. 이런 것을 한두 번으로 고문관 간판은 못 따고 조금만 수틀리면 내 배지가 꼴리면 그 꼴을 못 보고 의리 무식이 꼴통 짓을 했지롱!

이 기세 당당하게 고문관 간판을 달고 간신히 논산 훈련소 26연대에서 훈련을 마치고 자대 배치로 춘천 보충대 사단 연대 중대 소대로 배치가 되었걸랑. 그곳이 어딘가 하면 유명한 곳이여.

그곳이 바로 인제 가면 언제 오나 원통해서 못 살겠네.

왔다메! 중대 소대 배치까지 올라갔는데 밤에 군 트럭을 타고 전방으로, 전방으로 올라가는데 38선은 선도 아니여. 원통은 통도 아니여. 얼룩무늬 군복 무늬의 그물로 덮인 토치카인지 벙커인지 실탄 장전한 군인들이 밤에 얼굴에서 인광이 나가면 어디선가 총알이 날아와서 맞을까 봐 숯검정을 얼굴에 시커멓게 칠하고 눈만 반짝반짝한 게 검문하고 통과시키는데 겁나부렸지.

이러다가 이북으로 가는 것이 아닌가 하고 간 곳이 강원도 최전방 비무장지대 앞 GOP 산꼭대기 철조망 앞 소대로 배치가 되었걸랑. 고문관 그 멋진 간판은 여기서는 무용지물이고 아, 옛날이여.

여기 오니 이북 초소도 저기 앞에 보이고 헌데, 내 얼굴이 빤다롬하다고 소대장님 따까리를 하라고 해 놓고 무슨 수색 작전을 다 나가버렸는데, 나는 작전에 나가지 않고 밴들 놀면서 산천 계곡이나 감상하고 있었지, 사나이가 뭔 밥을 하냐고 안 해부렀지.

그날 저녁에 소대원 36명 중에 휴가 빼고 선임하사까지 32명인데 선임하사가 명령으로 전원 전방 산꼭대기 마당에 집합! 왔다메, 무시어라. 31명이 이 쫄다구니 때문에 빠따를 맞게 생겼으니 그 깊은 산 만디 산새들도 조용히 숨죽여 버렸는지 밤이라 둥지로 가고 없는 것인지 하여튼 실빌해부렀지.

선임하사가 빠따를 들고 소대 군기가 빠졌으니 군기가 무엇인지 고참이 어떤 것인지 실전으로 '줄빠따'로 가르쳐 주겠단다. 소대 차렷! 열중쉬엇! 그대로 좌우 흔들며 군가를 부른다, 힘차게!
노래 제목은 진짜 사나이. 하나, 둘, 셋, 넷!

> 사나이로 태어나서 할 일도 많다만
> 너와 나 나라 지키는 영광에 살았다
> 전투와 전투 속에 맺어진 전우야
> 산봉우리에 해 뜨고 해가 질 적에
> 부모 형제 나를 믿고 단잠을 이룬다
> 다음 노래! 인천에 성냥공장 아가씨. 하나, 둘, 셋, 넷!
> 인천에 성냥공장 성냥 만드는 아가씨
> 하루에 한 갑 두 갑 낱갑이 열두 갑
> 치마 밑에 감추어서 정문을 나설 때
> 치마 밑에 불이 붙어서 거시기가 다 탔네
> 인천에 성냥공장 아가씨는 거시기 거시기

나는 거시기 대목에 힘을 주어 산천이 떠내려가고 이북 초소
까지 들리라고 크게 불렀는데, 선임하사가 몽둥이를 들고 모두
엎드려뻗쳐! 오늘 죄목은 최하 쫄다구가 군기가 뭔 줄을 모르니
교육 차원에서 벌칙 줄빠따로 한다.

군기란? 고참이 1. 박으라면 대갈빡을 침상에 박고 손은 열중
쉬엇! 뒤로 한다. 2. 때리면 때리는 대로 맞는다. 3. 시키면 시키
는 대로 한다.

줄빠따를 내가 69년도에 맞았으니 그 후로 줄빠따와 피아노 치기, 배에 힘주면 고참이 밟고 지나가면 아 대신 도레미파를 불렀던 것이 없어졌으니 요것도 내가 군대서 맨 마지막으로 맛본 나여, 나.

선임하사가 쭉 한 대씩 때리고 빠따를 다음 고참에게 주고, 그다음 해서 나 빼고 나는 서른한 대의 빠따를 맞고 나니 인천에 성냥공장 아가씨가 아니고 내 궁뎅이에 불이 붙어서 쥐터져서 피멍이 따가워서 엎어져 있고, 엎어져 잠을 자야 하고, 고참이 옥도정기를 내 궁뎅이에 며칠을 발라주는데, 최하 쫄다구니는 궁뎅이를 내밀고 요리 뒹굴 아야야, 조리 뒹굴 아야야, 요로코롬 밴들밴들 작전에 안 따라가고 한동안 뜸했었지, 웬일인가 궁금했었지. 아야, 아야, 했었지.

그 후 얼마 되지 않아 군대에서 3선 개헌 투표 때 중대 부관 중위가 좋은 게 좋다고 투표에 반대표가 나오면 진급들에 지장이 있다며 한 손바닥으로 X표를 은근히 가리고 O 쪽으로 유도하며 '어~이, 장 일병! 좋은 게 좋다'는 데도 나는 기어이 부관 손을 밀치고 X표에 찍고 말았었지.

아, 이래저래 무지 빠따로 얻어터지면서 7전 8기로 자대에서 기어코 고문관 타이틀을 다시 찾고야 말았지롱! 이번에는 훈장 하나가 더 붙었는데 고것이 꼴통인 기라예.

꼴통 고문관 하면 날아가는 새도 똥을 찍 갈기고 가는 나의 기세등등했지롱! 이유가 또 있걸랑요, 나의 짝꿍이 37살인데 일

등병을 달고 있었지요. 군대 최고 감방인 남한산성에서 쇠창살을 타며 곡예사의 첫사랑으로 쇠창살을 타며 신이 났지, 루돌프에 빨강 코로 사랑 노래 불렀었지. 아, 한 많은 군대여! 대대에서 건마는 돼지 밥 주는 돼지 아빠이고, 나는 대대 취사반장이니 짝짜꿍이 되어 위풍당당했지롱!

대대에서 중대 이동으로 또 최전방으로 배치되었고, 내가 최전방 위병소에 근무했걸랑. 중대장님이 DMZ 수색 작전엔 나를 안 데리고 다니고 위병이나 서라고 했지요.

하루는 밤에 위병소에서 달도 없는 그믐밤에 최전방에서 내려오는 차도를 쇠사슬로 묶어 놓고 위병을 서는데 최전방에는 밤 근무 나갈 때는 실탄 장전 총과 실탄과 수류탄 2발을 차고 그날그날 저녁에 암호를 받아서 근무를 서며, '①멈춰 ②누구냐 ③암호' 했을 때 이상한 행동이 보이면 2차 암호, 3차 암호, 무반응이면 '손들어, 엎드려, 안 따르면 무조건 발사 사살'의 명령을 받고 야간 근무를 하고 있었다.

밤에 자정이 넘고 달도 없는 어두운 그믐밤이고 위병소에만 전깃불이 켜져 있는데, 최전방이라 그 시간에는 지프차가 다니지를 않는데, 소대장님도 위병소에 나와 서 있고, 중대장님은 중대본부에서 상급본부와 연락을 주고받고 있고, 소대장님이 중대장실로 급히 뛰어가고 없는데, 전방에서 산 아래 커브 길을 휙 돌아서 지프차가 나의 검문소 앞에 딱 멈추더니 '문 열어!' 하는데 지프차를 보니까 계급장도 없고 시퍼런 군대 파카 속 잠바

만 입고 운전석까지 4명이 타고 있었는데, 내가 누군데? 꼴통 고문관이여. 우리가 김신조 때문에 피를 본 사람들이여. 마음대로 문을 열어 주남? 암, 어림도 없지.

좀 무시시 떨리면서 M16발 소통을 겨누면서 '암호!' 하고 크게 했지. 지프차에서 '이 종간나 새끼, 빨리 문 안 열어?' 하는데 소대장님은 왜 빨리 안 오고 지랄이야. 에이 씨! 하고 총을 겨누며 '암호!' 하고 두 번째 소리를 크게 질렀는데, 뭣이 휙 날아오는데 대검이 칼갈이로 갈아서 반짝반짝하게 내 바로 앞 검문 말뚝에 팍 꽂히는데, 그리고 지프차에서 시퍼런 카키색 점퍼를 입은 두 사람이 내려 나를 죽이려고 오는 것 같은데, 아, 정신이 헤까닥 뇌가 얼어 버렸고, 고문관이고 꼴통이고 사자 앞에 쥐새끼 한 마리가 되어 총만 들고 냅다 뛰어 도망을 가는 꼴이 중대본부까지는 대충 80m를 달리는데, 번쩍 하는 대검이 내 뒤 모가지에 꽂히는 것 같아 식겁하며 아, 이거 저승사자는 사자도 아니여. 귀신 잡는 해병대는 대도 아녀라잉!

HID 지프차와 그들은 우리나라 1급 비밀요원, 북에 가서 활동 정보를 얻어 오늘 밤 남한 비무장지대로 넘어와서 미리 마중을 나가 있던 지프차와 요원들이 오늘 밤 달이 없을 때 어둠으로 넘어와서 HID 본부로 가는 줄 이 꼴통 고문관을 만나는 바람에 한바탕 생쇼를 벌였지롱!

나는 중대본부 중대장님 뒤에 숨었고, 중대장님도 조금 전에 연락을 받고 소대장에게 지시를 하려고 부른 사이에 사건은 벌어졌고, 중대장님 소대장님도 관록 있는 베테랑급인데도 AID에게 조인트를 까이고 나는 무릎 꿇고, 꿀밤 한 대 쥐어박히고 그들이 나가자 소대장님이 얼른 뛰어가서 쇠사슬 문을 열어 주었다.

토네이도의 허리케인 폭풍이 지나가고 중대장님은 나에게 자초지종을 물어보았고, 내가 암호를 두 번 크게 소리 질렀고, 세 번 소리를 크게 '암호!' 한 다음 총으로 긁어 버릴까 생각을 하다가 이건 아니다 싶어서 대검이 꽂히고 도망 왔다고 했더니 중대장님이 '휴' 하며 한숨을 크게 쉬더니 나에게 참 잘했다고 칭찬해 주시며 정의 하나는 끝내주는 꼴통 고문관이라고 믿음이 간다며 나는 내 생전에 이런 꼴로 이런 칭찬은 처음 들어보는 것으로 어쨌거나 기분이 째져 부렀지롱!

'됐네, 이 사람아. 그것이 무슨 자랑이라고 하고 자빠졌네. 아주 가문에 충신 났네그려.

'아구메! 그래도 용케도 제대는 했네그려.'

'왜? 남한산성 가서 쇠창살 타고 신이 나고 대갈빡 처박고 즐거웠지. 루돌프의 술독 오른 빨간 코로 사랑 노래 깨르륵 깨르륵 가루지기나 불러보시지그려. 그랬으면 남한산성으로 골로 가는 것인데. 어이, 장형! 여기는 대학병원 중환자실이야. 바깥에선 가족들이 눈물을 흘리며 하나님에게 조금만 더 살게 해 달라고 기도하고 있는데, 아무리 평생에 한 번 되는 게 없어도 그렇지, 하나님 신에게 그렇게 바락바락 대들면 쓰겠남? 암, 안 되지.'

모래성

스르륵 바닷가에 모래성을 쌓습니다
가만히 손을 넣고 모래 봉분 만들고
토닥토닥 두드리며 이 노래를 부릅니다
두껍아 두껍아 복 두껍아

모래성을 지어서 너에게 줄게
너는 나의 소원 한 가지만 들어다오
무너질까 애조이며 이 손을 빼내면
손 따라 스륵 무너지는 모래성

밤이면 밤마다 모래성을 쌓습니다
정성스레 쌓아놓고 새벽 동이 터오르면
하얀 파도 밀려와서 무너지는 모래성

사랑해선 안 될 사람을
이루지 못할 사랑인 줄 알면서도
오늘도 여인은 밤 바닷가에 나와 앉아
모래 봉분 만들고
토닥토닥 두드리며 이 노래를 부릅니다

두껍아 두껍아 영물인 복 두껍아
모래성을 지어서 너에게 줄게
너는 나의 소원 하나만 들어다오
못 이룰 사랑을 이루게 해서 영원히
임의 품에 안기어 사랑하게 해 다오

오늘도 여인은 밤 바닷가에 나와 앉아 모래성을 쌓건만시
(쌓건만)
새벽 동이 터오르면 하얀 파도 밀려와서
파도 따라 스르륵 무너지는 모래성
이루지 못할 사랑인 줄 알면서도
오늘 밤도 여인은 모래성을 쌓습니다

못 이룰 사랑이 애달파라

날씨가 찌뿌듯하다
몇 주 며칠을 누워 있어서 몸은 야위었고
여인아!
너는 너의 남편으로부터 너를 부정한 여자로
낙인찍혔을 때부터
너의 고통은 시작이 되었고

날으는 새는 날개가 부러져서 자유를 잃고
남편이 가두어 놓은 창살 없는 감옥에
갇히었구나

버려도 까마귀도 떨어먹지 않을 멸시를 받으며
경제권마저도 박탈당한 채
죽지 못해 간신히 숨만 쉬고 있구나

밤새 울던 새 어디로 날아가고
오늘은 꼭 가 보아야 할 곳이 있다
하늘은 잃어버린 음울한 마음으로
여인은 거울을 보며 몸단장한다

소중한 내 임에게 예쁘게 보이고 싶은 심정이
여인의 욕망
여린 사랑이 보고 싶어 펄펄 기운이 난다
언제 아파 울까 싶다

거울 속에 비치는 핼쑥한 이 모습을
소중한 내 임에게 어이 보일까
임이야 나를 보고 반가워한들
내 몸이 병들어서 동정한다면

차라리 갇힌 누에고치가 되어
하얀 명주실을 뽑아서 임께 갈 테야
명주 속옷 입고서 임께 갈 테야

어쩌럴 어쩌럴
죽지 않으면 너와 나 만나자고 언약한 날
삼월 초나흘

어느 핸가 우리 둘 기차 타고 강촌 가던 날
구름이 잔뜩 끼고 날씨는 희뿌티딕하며
창밖을 내다보니

철길 옆 논밭에는 진눈깨비 뿌렸는데
오늘도 논밭에는 진눈깨비 뿌릴까
죽음을 머리에 이고 여인은 홀로 열차를 타고
강촌으로 간다

망상의 날개를 달고 소녀가 된다
임을 만나면 마냥 응석을 부려 봐야지
손가락 이에 물고 아앙 고개를 절레절레 흔들며
몰라 몰라 모른단 말이야 하며
투정도 부려 봐야지

내일은 없어졌으면
천지가 캄캄한 밤이 되어 주었으면
사랑!
신비의 마법에 걸려서 펄펄 기운이 난다

언제 아파 울까 싶다
정이 그리워서 사랑이 보고 싶어서

여인은 홀로 기차를 타고 강촌으로 간다

2016년 11월 27일 일요일

중환자실의 이른 아침이다. 여기저기 대소변에 오물을 치우고 기저귀를 갈고 소독으로 닦아내고 체온·혈당 채혈 검사와 이동식 X-ray로 여기저기 사진을 찍고 있다.

비닐봉지 주사액을 여러 개씩 달고 개수가 많을수록 죽음에 가까운 환자인 것 같다.

중환자실의 우측 병실에는 환자 한 사람에 한 칸씩 문이 달려 있고, 그 병실로 들어가는 사람은 누구나, 간호사라 할지라도 일회용 가운과 마스크를 쓰고 면회를 해도 문이 닫히는 것을 보면 아마도 전염병 환자들의 격리 치료실인 것 같다. 폐암과 폐병 환자도 저곳에서 위독하거나 중환자 치료를 하는 것 같다.

내일, 월요일에 교수님이 '폐' 자를 꺼내면 아, 이 일을 어찌해야 하뇨. 내가 저 격리 병실 속에 있다고 생각해 보자. 내 가족들이 혐오스러운 전염 폐병 환자를 마스크 쓰고 면회하고 돌본다고 생각해 보자. 어린 내 손자 손녀에게 엄마가 나를 접촉 하고 아이들을 접촉할 때 인간의 뇌들이 어떤 생각을 연상하며 접촉할까. 안 돼, 안 되는 일이야. 나는 지금 굳게 결심을 한다. 산죽음을 꼭 선택해야겠다고.

내일 오전이면 교수님이 분명 폐에 이상이 있다고 시술이나 수술 쪽으로 말씀하신다면 내일 당장 퇴원시켜 달라고 말하고, 나의 결심을 실행에 옮겨야 한다고 마음을 굳게, 굳게 다짐하며 내가 누군가 나는 할 수 있다고 내 마음을 추슬러 본다.

  나는 여러 각도의 죽음을 스케치해 본다. 내 가족에게 정신적으로 피해가 덜 가게 하고, 남에게도 나로 인한 혐오스러움의 피해를 최소한으로 줄이는 자살을 택해야 한다.

(1) 한강에 무거운 것을 몸에 차고 뛰어내려서도 안 된다. 한강이 오염되고 물고기들이 뜯어 먹으면 더러운 혐오감을 주기에 안 된다.

(2) 달리는 전동차에 뛰어들어서도 안 된다. 전동차에 치이는 인간의 처참한 죽음을 목격한 사람들이 그곳에 올 때마다 평생 뇌에 남을 테고, 운전자 또한 얼마나 평생 놀라는 남에게 큰 피해를 주는 자살은 안 된다.

(3) 집에서 목을 매서도 절대 안 된다. 가족들이 평생 정신적으로 시달리고 이사를 간다 해도 집 주변 사람들에게 목을 매 죽은 집으로 혐오감을 주어서도 안 되고, 모르고 이사 온 새 사람들이 나중에 그 사실을 알 때 집이 무서울 것이므로 이 방법도 안 된다.

(4) 약을 구해서 한적한 서울의 숲 같은 데서 죽어 있어도 안 된다. 약을 구하기도 어렵고 얼마를 먹어야 확실하게 죽는지도 모르고, 서울에서 누구라고 하면 나를 아는 사람들은 또 얼마나 수군거리겠어. 결국, '폐' 자가 나오고 혐오스러움을 느끼고 이것도 안 된다.

(5) 한 가지 좋은 방법이 떠올랐다. 내 가족에게도 남에게도 가장 피해를 덜 주는 방법일 것이다. 고속버스를 타고 시골 쪽으로, 또 버스를 타고 사람들이 잘 안 다니는 야산으로 가서 목줄을 하든지 확실한 죽음을 해야 한다. 핸드폰 추적이 되게 충전도 충분히 하고, 연락과 위치를 알리고, 신분증도 확인하게 하고, 유서에 가족에게 내 시신은 서울로 옮기지 말고 여기서 가까운 장례 병원에서 화장해서 약간 깨끗한 사람들이 다니지 않는 곳에 뿌려버리고, 죽는 날짜도 제사도 지내지 말아 달라고 써놓으면 아, 이것이 최상의 방법인 것 같다.

이렇게 꼭 할 것이다. 내가 누군가. 정신력으로 살아온 나이지 않은가. 마음을 굳게 먹고 나니 세상이 한결 편안하고 그까짓 것 아무것도 아니라고 믿으니 내 마음에 자신감이 생긴다.

아, 병원에 종사하는 사람들의 삶이 이렇게 처절하고 비참한 줄은 예전엔 미처 몰랐다. 일반인들 인식에는 꽃 같은 직업을 가진 사람들 세 명을 꼽으라면 첫째 의사, 둘째 검사, 셋째 재산 관리 법무사다.

어느 집안에 위의 세 명만 있으면 가문의 영광이요, 집안의 행복인 줄 알았는데, 이번에 내가 보니까 대학병원 박사 교수님들의 일과가 토악질 나는 직업이더라.

어젯밤은 토요일 밤이라 밤늦게까지 술을 먹고 싸우고 피투성이가 되어 응급실로 실려 오고, 교통사고로 사고를 당한 사람들이 죽는다고 아픔을 호소하며 들어오고, 특히 전염병균의 환자들에 매일 노출되어 병을 옮을 확률을 80%나 안고 죽음에 함께 들어가는 병원 종사자들을 보며 안타까운 마음에 어떻게 매일매일 매 순간 소독과 안전 분비는 하고 있는지 내가 불안하고 초조해지더이다.

중환자실로 넘어온 어느 환자는 산소마스크를 집어 던지고 혈관 주사기를 빼서 피투성이로 간호사, 간호 보조사는 물론 남자 의사 선생님까지 애를 먹이고 팔을 못 움직이게 침대에 수갑을 채우니 인권유린이라고, 이 병원은 싫으니 다른 병원으로 옮겨 달라고 중환자실에서 저러니 너무 밝아진 언론 플레이 때문에 의사가 환자 돌보기보다 언론 눈치를 살펴야 하는 뭣 주고 뺨 맞는 의사 직업이 더럽고 치사하여 나 같으면 의사 직업 못 해먹겠다고 하얀 가운 벗어 짓밟아 버리고 침 탁 뱉고 갔다가 가족들 생계비 때문에 또 와서 한 번만 직장 잃지 않게 해 달라고 싹싹 빌 텐데.

어떤 아주머니는 간호사에게 자기가 번호표를 일찍 뽑고 접수하고 기다리는데, 뒤에 온 몇 사람이 먼저 진료를 받는 것에 화가 나서 간호사에게 화를 내며 이 병원은 사람 차별하는 병원이냐고 따졌고, 간호사는 예약한 손님분들이라고 말했는데도 이것들이 사람을 병신으로 보느냐, 병이 나서 병원에 오면 이 병원은 병신 취급하는구나, 이것들 내가 가만두나 보자고 노발대발 똥 뀐 놈이 성질내고 있는 모습이 환자인 내가 보아도 얼마나 우습고 쓸쓸한지 세상살이가 인생살이가 참 뭣 같았다.

세상살이 삶이 뭣 같아도 참으면 좋은 날도 오겠지. 각양각색의 인간 상대 장사는 간과 쓸개를 빼놓고 장사를 해야 한다는 명언처럼 나도 그런 삶을 살아왔건만 어느 직장도 또한 험악한 삶이겠지만, 대학병원에 종사하는 분들의 삶이 죽음을 머리에 이고 일과를 해야 하는 줄은 이번에야 보고 느꼈다.

그래서 내 생각에는? 병원 관련 직업을 선택할 때는 순교자의 정신을 각오하지 않으면 애초에 병원을 직장으로 들어갈 생각은 말아야겠더라 나이팅게일 같은 순교자의 간호사는 아니더라도 죽음의 사람을 생명으로 치료하고 아픔의 고통 속에 병든 사람을 치료해서 삶의 터전과 가족이 있는 둥지로 돌려보내고 희망을 잃은 자를 치료해 새 삶을 주는 순교자의 의무를 운명으로 생각하는 직업인 것 같더라.

죽음의 전염병균에 매 순간 감염될 수 있는 여건 속에서도 첫째는 자신을 돌보고 지키는 노력을 한순간도 놓치면 안 되고,

둘째는 사람의 한 생명을 새싹같이 소중히 여기고, 셋째는 선배님과 사부님의 좋은 관행을 본받으며 더욱 연구하고 노력한다면 참 좋은 세상, 희망의 의술이 좋은 나라, 영롱한 아침이슬 같은 삼천리금수강산의 정기가 살아 있는 나라로 마음의 부자인 한 민족이 될 것 같다는 생각이 들었다.

그렇게 되려면 어릴 때부터 인성 교육의 씨앗을 새로운 연구 개발한 좋은 종자를 심어야 할 것이다. 아이들이 좀 재미있게 추억거리도 만들고, 놀아가면서도 좋은 공부를 할 수 있게 하는 것은 경쟁이 아니라 공존의 수레바퀴 같은 살아 있는 철학이 있어야 하지 않을까.

수레바퀴 위에 타는 사람이나 바퀴를 밀고 가는 사람이나 밀고 가는 사람이 더 건강하다는 확신을 심어 주어야 하며, 좀 더 잘사는 사람이나 어느 집도 밥이나 먹고 사는 사람이나 어떤 일을 하느냐에, 건강과 정신이 어느 쪽인들 각자의 삶을 열심히 살고 충실하냐에 행복이 있음을 확신시켜야 그것이 인성 교육이 아닐까.

생명체란 어떻게 움직이는 것이 건강에 좋은가. 답은 나와 있는데 설명할 강사가 없구나.

*한 가지만 예를 들어보자. 나는 세월호를 보면서 세월호의 분향소를 TV로 볼 때마다 안타까운 생각을 하면서도 첫 번째 있어야 할 곳에 없는 것이 참 안타깝다. 분향소 맨 앞자리에 있어

야 할 영정사진 제1호 사진이 없다. 세월호의 총 책임자 선장의 영정사진이 없다. 아, 이 얼마나 안타까운 일이냐. 이것이 답이고 앞으로 우리가 어떻게 하는 것이 자기 자신을 위하는 길인지 모두 공감! 통과!

정말 안타깝다. 선장으로서의 판단하고 실행하며 마지막 한 사람이라도 자기 생명보다 소중히 여길 때 의인 정신으로 온 국민에게 인류와 세상의 존경을 받는다는 교육을 인성 교육이라는 답이다.

한 생명이라도 더 구하다가 죽음을 맞이했다고 생각해 보자. 구할 때 정신없이 남을 위해 일한다면 자기도 현재 살아 있는 것보다 훨씬 행복한 일을 한 것일 것이다. 지금 현실에 비겁하게 살아남은 자신을 참 잘했다고 할까요, 후회하고 있을까요? 그의 가족은, 아들딸들은 평생 죄인의 자식으로 그 손자까지도 우리 할아버지가 세월호 선장님이었다고 말을 꺼낼 수 있을까요?

＊나 하나 죽어서 내 가족들이 행복해질 수 있다면, 나 하나 죽어서 나라의 명예가 빛이 난다면, 나 하나 죽어서 인류에 보탬이 된다면 내 목숨 하나 그렇게 애 떨지 말라. 이것이 철학의 정답이고 인성 교육의 씨앗이 되어야 하지 않을까. 나는 세월호에서 인성교육의 한 기지 예의 답만 찾으려고 했는데.

＊왜 또 이러는가? 세월호의 아픈 모두의 영혼이 그냥은 못 지나가게 붙잡는 이 심정이 나의 마음인가? 저들의 영혼인가? 여기 한 무명 시인에게 눈물 이슬 한 방울 맺히고 가라고 하늘의 음습한 이슬비가 뿌린다.

팽목항의 비운(세월호)

2014년 4월 16일 새벽
팽목항 앞바다 맹골수도 바다에서
476명을 태운 세월호가 침몰되어 가고 있었다
172명만 구조되었고, 304명이 죽어가는
그 속에 꽃봉오리 같은 단원고 2학년의 257명과 담임교
사 4명, 261명의 목숨이 바다 밑에서 죽어 갔다
어린 생명이 차디찬 바닷물 속에서 허우적거리며 숨이 막
혀 죽어갔다

담임 선생님들은 살신성인 정신으로
학생 한 명이라도 더 구해 내려고 자기가 입고 있던 구명
조끼를 벗어 학생에게 입혀 주면서 어서 나가라고 했고
학생은 선생님이 안타까워서 손을 놓지 못하고 선생님은
요, 하고 붙잡으니
선생님은 느그들이 다 나가면 그때 나가마!
아, 하늘이 울고 땅이 통곡하고 바다가 애잔하여 가랑비
가 뿌리고
이 무명 시인도 이 글을 쓰며 울고 있다

2017년 3월 23일

팽목항 앞바다에 잔슬비 내리고
온 나라에 조금씩 안개슬비가 뿌리는 날
차디찬 바다 밑 뻘 속에서 그리도 못 올라오던

세월호 속의 단원고 학생들아, 애타게 울부짖는
어미들의 목쉰 소리를 이제야 들었느냐
처참히 세월호가 머리 풀고 물 위로 모습은 보이고
차마 물 밖으로 더 못 올라오고 무디어 있는
모습을 보며 온 국민은 또 한번 절규의 한을
쓸어내려야 했다

팽목항의 비운

팽목항의 비운

팽목항 맹골수도 바다 물결은 휘돌아
어디로 가나
꽃피우려고 하는 어린 꽃봉오리들을
휘감아 어디를 가나

멀고 험한 길 바다 밑 저 협곡 속으로
단원고 2학년 257명과 사부님 4명 261명을
세월호가 휘감아 맹골수도 차디찬 바다 밑
뻘 속에 처박아 놓고
책임지는 사람은 다 어디로 갔나

팽목항 진도 앞바다에 슬비 내리고
이 나라 전국에도 이슬비 뿌리는구나
2017년 3월 23일 날

세월호가 처참히 물여울에 머리 풀고
모습 보이던 날

하늘이 울고 땅이 통곡하고 바다가 애통하여
슬비 뿌리고 무명 시인의 가슴에도 한이
서리는구나
무명 시인에게 하얀 옷을 입히고 검정 천으로
눈을 가려라
어둠 속에서 광명 천지의 문을 열어라
빛으로 차디찬 맹골수도 바다 밑 뻘 속에
묻혀 엄마 아빠를 애타게 부르다가 잠이 든
어린 새싹과 사부의 잠을 깨워라

엄마 아빠가 애타게 기다리는 팽목항에서
울부짖다가 쓰러지는 어미의 절규를 들어라
목이 쉬어 끼여끼여 갈매기도 슬피 우는구나

잔잔한 파도가 하얗게 밀려오는 출렁이는
물갈기 위에서 못다 핀 꽃봉오리를 찬연히
흐적흐적 울면서 연꽃을 피우는구나

내 새끼들아 이제야 엄마와 아빠가 기다리는

품으로 돌아오느냐

차디찬 맹골수도 바다 밑 뻘 속에서

엄마 아빠를 부르다가 잠이 들었던 내 새끼들아

어디 한번 안아보자

얼굴 한번 만져 보자 품속에 보듬어

눈물을 흘리며 한을 한번 풀어 보자

미안하구나, 내 새끼들아

이제 그만 잘 가거라

너희는 너희의 세상에서 찬연히

꽃피우거라

환승을 기원하는 무명 시인 합장 삼배 올림

꽃향기

꽃잎에 멍울이 지다
그것은 회초리로 모질게 내리쳐서
아프다
청춘에 피어나는 아름다운 꽃잎아

그 향기 그윽해도 모두가 허상이다
죽여라, 죽여도 피어나면 때려라
아리따운 몸뚱아리 거울 앞에 옷 벗기고
꽃향기 피운 죄로 회초리로 때려라

연약한 꽃잎에 멍울이 들면
그것은 아마도 아마도…
사랑인가 불륜인가

청아한 밝은 미소

병원에 종사하시는 분들은
사생활의 응어리진 일들이 있어도
환경의 열악한 일과에 무진장 바쁘더라도
언제나 청아한 밝은 미소를 띠어야겠지

윗사람에게 꾸중을 들어서 마음이
속상해도
죽음의 허무함을 목전에 두고 있는
고통의 환자보다야 낫겠지
하는 마음으로

환자에게 맑고 청아한 미소의 모습으로
대해 줄 때
세상은 아름다운 사람이 사는 곳

인정이 흐르는 멋의 나라겠지

나는 운 좋게 나의 담당 여의사 선생님이
아침에 환자를 보러 올 때나 만날 때는
항상
청아한 밝은 미소로 인사하며 마주해 줄 때
환자는 비록 저녁에 죽음을 맞이한다고 해도
마음에 꽃 한 송이가 되더이다

이대목동병원에서

가을 천사

풍성한 가을 들녘에
빨간 고추잠자리 한 마리가 낮잠을 잔다
바람은 살랑살랑, 인호는 살금살금 싸리 잎에 고추잠자
리 아는가, 모르는가

하늘은 파란데 아기 천사 낮잠 들면
5초 4초 3초 2초 1초…
인호의 손끝이 고추잠자리 꽁무니를 잡는 순간
바람이 먼저 싸릿대를 흔들어
고추잠자리 맴맴 인호를 놀려 주네

장난꾸러기 고추잠자리는 바보인가 봐
또 그 자리에 앉아 낮잠을 잔다
인호는 약이 올라서

이번에는 꼭 잡으려고 조심히, 더 조심히
살살 다가간다

인호의 손끝이 빨간 고추잠자리 꽁무니를
잡는 순간
바람이 살랑 아기 천사 잠 깨워서
파란 가을 하늘로 날아간다
인호는 아쉬워서 하늘을 쳐다보며
멀어져가는 점 하나만 바라본다

중환자실에서 또 하룻밤을 세웠다. 오늘은 교수님이 출근하시면 금요일 밤부터 월요일 오늘 아침까지 이동식 X-ray 사진들과 여러 검사를 종합해서 앞으로의 진료를 결정해서 오전 회진 때 말씀해 주시겠지.

만약에 폐가 안 좋다거나 폐를 시술이나 수술을 하면 생명은 살릴 수 있다고 한다면, 나는 어제의 생각으로 뇌와 마음에 꽉 차 있으므로 폐병 소리만 나와도 산 죽음을 각오하고 퇴원시켜 달라고 해야지. 그다음 계획도 나는 할 수 있다. 어차피 누구나 다 죽는 것인데 애착을 가질 필요가 없다. 나는 산 나를 내가 죽여야 한다. 그것이 '폐' 자에 대한 혐오감을 빨리 덮는 것이리라.

오전 11시 30분, 교수님과 여의사 선생님의 중환자실 오전 회진이 좀 늦었다. 나는 '죽음 컷!' 하고 내 얼굴까지 하얀 천으로 덮어 씌운다고 해도 미소를 잃지 않겠다는 결심으로 애써 웃는 미소로 인사했다.

장용득 씨! 교수님이 좀처럼 이름을 부르지 않는데, 나는 누운 채로 미소로 대답하며 어제 준비해 두었던 퇴원이란 말을 일보 전진시켜서 혀끝에서 바로 나갈 준비가 되었다. 나의 뇌에서 스위치 버튼만 누르면 마음이 바로 실행할 준비를 하면서도 애써 미소를 짓고 있었다.

교수님은 선고를 내렸다. "오늘 아침까지 X-ray 검사와 각종 검사를 종합해 봤을 때 아주 좋아졌어요, 정말 조심스러웠고 걱정했는데 하늘이 도우신 거예요! 그리고 장용득 씨 정신력도 강하신 것 같고요."

아, 교수님의 이 음성이 하늘에서 들려오는 감동으로 미소의 눈물이 찔끔 고여 얼굴을 옆으로 돌려서 헤픈 눈물을 보이고 말았다. 자살하겠다는 압박이 컸기 때문에 더욱 감정이 북받친 것 같다.

교수님은 여의사 선생님에게 고개를 돌려서 오늘 일반 병동 나올 곳이 있는지 알아보라고 했다. 간호사와 여의사 선생님이 바로 중환자실 컴퓨터로 여기저기 쳐 보더니 4층과 7층 7110호가 오후에 나온다고 했다. 교수님은 오후에 7층 7110호로 옮기라는 명령을 내렸다. 그 한마디에 여의사 선생님과 간호사가 동시에 '예' 하고 대답했다.

오후 4시쯤 일반 병동 7층으로 옮겨졌다. 바로 옆에 VIP 병동이라는 팻말이 보여 조용하고 좋은 곳인 것 같아 교수님에게 감사함을 느꼈다. 내 가족들도 이 정도면 숨통이 트여 숨을 쉴 수 있을 것 같았다. 조금 더 여유가 있는 것에 그렇게들 좋아하는 것이 마음이 참 감사한 것인지, 감사한 것이 아니고 정상 운행인지 생각을 해 보아야겠다.

나 역시 가족들과 이 정도면 숨통이 숨을 쉴 수 있다며 참 좋다, 일반 병동이 이 정도만 되어도 될 터인데, 앞으로 나라가 잘 살게 되면 입원실이 일반 병실도 조금은 더 공간을 주겠지, 하는 생각도 심한 고생을 경험했기에 조금 편안함이 크게 행복을 느낄 만큼 다가오는 이것이 무엇이냐? 나는 또 '뭔' 쪼잔한 소리를 하려고 한다.

기껏 일반 병동 1실 1칸이 두 평 남짓, 침대 1.5평, 보호자 공간이 0.5평인데 이 공간을 놓고 좋다, 이 정도면 되겠다, 참 편안하다, 하며 행복을 느낄 만큼 여유가 생기니 좋아서 시시덕거리는 우리를 보고 신이 얼마나 한심해할지, 신통해서 심심하지는 않겠지.

신이 우리를 보고 비웃든지 신통방통해서 세상을 1/3을 다 가져보라고 놀리든지 말든지 우리는 6층에서 너무 좁고 불편하게 있다가 죽음과의 괴로움에 지쳐 있을 때 생명도 얻은 것 같고 0.3평의 여유로운 공간도 얻었으니 세상을 1/3 얻은 것보다 더 행복하더이다.

어이! 장 형, 세상을 얻으면 다 얻는 것보다 생명을 얻은 것이 더 소중하다고 말하지 않고 1/3의 숫자는 왜, 무엇 때문에 나온 것인가요? 암, 고것이 남겨둔 것은 나머지 1/3은 요로코롬 따지고 덤벼드는 너에게 주려고 남겨 두었고, 또 1/3은 진정한 행복이 어디에서 오고 어디에 있는가를 확실히 깨달은 놈에게 주려고 남겨 두었지롱, 앵!

그렇다, 0.3평의 행복은 6층에서의 고통 속에서 씨앗이 움터 7

층에서 꽃피운 것이리라. 6층의 고통 속에서 피워 올린 인간미의 정 꽃. 이것이 문학의 씨앗에서 피워 올린 꽃이 아닐까.

6층 별동에서 내 침대 바로 옆 환자는 나이도 많으면서 심장 수술 후 폐에 물까지 차서 밤새도록 가습기를 내 쪽으로 오게 틀 수밖에 없는 구조에서 콜록콜록 헐떡이는 숨이 내 머리맡에 있으니 가래 덩어리가 목구멍에서 끼어 뱉어내니, 환자의 아픈 고통도 안타깝지만, 폐에 물이 찬 것도 폐병인 줄 알고 폐병 균이 나에게 오지나 않을까 혐오스러워 밤에 잠도 못 들고 괴로워 했는데, 그 환자의 보호자는 인자한 사람이기 때문에, 그것이 미안스러워 또 미안하다며 나의 보호자에게 무엇이나 주고 싶어 하고, 도와주려고 하는 마음을 보며 이것이 우리네 서민들의 삶 속 애환이며, 인생사의 정의 꽃이 아닐까. 가을의 한 떨기 들국화가 피었다가 시들지라도 저쪽 끝 침대 환자의 보호자는 새댁같이 젊은데 과일이며 고급 빵을 가져오고, 나의 보호자가 심심할까 봐 자기 사생활까지 들려주며 허드렛일이 있으면 솔선수범해서 해 주니 낙천주의라고 해야 하나, 좀 수다쟁이라고 해야 하나. 한 푼이 모자란 듯하지만, 오히려 심심하지 않고 시간이 잘 가게 해 주어서 고마우이. 새댁, 파이팅!

바로 내 앞 침대의 환자는 어제 오후에 신사복을 입고 넥타이도 매고 007 제임스 본드의 가방을 들고 가짜 환자같이 들어와서 간호사가 가져다준 환자복을 갈아입고 침대에서 노트북을 펼치고 간이 사무실같이 차려놓고서는 저녁이 되니까 회사 직원들이 찾아오는데, 어떻게 박카스 한 통도 안 들고 병문안을 오는지, 나는 도대체 이해가 안 되었다. 조금 있으니 회장님과 핸드폰으로 연락하며 오늘 일한 결과 보고를 하고, 내일 일할 것을 각자 메모를 적고 상의하는 것을 보니 어느 중소기업의 총 책임자인 것 같았다.

오늘 오전에 발가락인지 간단한 수술을 받고 와서는 오후에 투병 일기를 쓰고 있는 나와 내 보호자에게 친절을 보이며 나의 침대 커튼이 잘못 달려 있어서 내 보호자가 앉지도 못하는 불편함을 보고서는 바로 병원 관리사무소에 연락했더니 관리자가 왔다. 그는 내 침대 위를 가리키며 커튼이 잘못 달려서 환자의 보호자가 불편을 겪고 있으니, 고쳐줄 것을 요구했다. 병원 관계자가 나의 보호자에게 인사하며 시정하겠다고 하니, 나는 앞의 환자분에게 어찌나 고맙고 미안하던지. 혹시 다음에 바깥에서 만난다면 막걸리 한 잔이라도 꼭 대접하고 싶은 이 마음이 우리네 인간사 세상살이에 한 송이 이름 모를 꽃이 세상에 피는 것이 아닐까.

또 6층 병동에서 주위의 불편과 고통이 내가 답답하니까 바깥세상이 보이는 창가로 가게 되었다. 그로 인해 안양천도 보았고, 고척교 다리를 보며 32년 만에 느껴지는 자연의 경이로움과 진심을 마음으로 느끼고 반 고흐 씨의 초상화도 만나서 그의 영감도 조금 얻고 이 모두가 이 세상에 나에게 오는 모든 것, 0.1초의 순간도 나의 운명이고 악이든지 선이든지 나의 인연에서 만나고 지나가고 현재의 나는 이것을 다음에 사랑의 씨앗에서 움트고 꽃피울 수 있게 해야 하는 것임을 분명히 명확히 깨달았는데도, 깨달음이란 0.1%뿐이니, 씨앗이라도 틔울 수 있을지 모르겠다.

☆ 나의 운명론

① 나의 운명은 죽음이든 생이든 이미 신이 결정해 놓은 길을 가고 있는 것이다.

② 나에게 지나온 길도 현재 직면하고 있는 것도, 미래에 다가올 세상도 모든 것이 나의 운명이고 나의 팔자이다.

③ 두 갈래 길에서 내가 죽음의 길로 선택하든 생의 좋은 길을 내가 선택하든지, 이미 신이 결정해 놓은 길이니 이것도 저것도 모든 것이 나에게 다가오고 내가 선택하는 것은 내가 선택을 하지 않아도 나에게 오는 모든 것은 나의 운명이다.

☆☆☆ 신은 위대하다

① 우주 만물 삼라만상을 창조하시고 창조가 끝나는 순간 모든 문제와 답은 진화론 과정 속에 세상에 다 내놓았다.

② 악도 선도 먼지 한 톨도 하나님이 다 이유가 있어서 만든 것이고 세상의 자연 속에서 모든 것을 찾고 연구해가는 것이다.

③ 신은 평등하고 공평하게 창조해 놓으신 것이다.

☆① 생명은 하루를 살든 1백 년을 살든지 죽고 세월이 흐르고 지나가고 나면 똑같이 공평하게 주었고, 생명체는 태어나면 죽음을 공평하게 주었다.

☆② 음식의 맛은 부자가 비싼 것을 먹든지 가난한 사람이 열심히 일하고 빈약한 음식을 먹을 때 어떤 쪽이 더 맛이 있을까요, 측정해 본다면 어떻게 한 다음에 먹느냐에 따라 다를 뿐 공평하게 준 것이다.

☆③ 행복지수가 죽음에서 생명을 얻고 0.3평의 추가 평수에 아늑함을 느끼는 것이 행복의 지수와 죽음과 세상을 1/3 아니 다 얻는 것과 어떤 것이 행복할까요.

☆ 신에게 감사하라

① 세상 만물 중에 사람으로 태어남에 감사하라.

② 현재도 생명이 있고 세상을 볼 수 있으면 감사하라.

③ 의로운 죽음을 맞이하게 되거든 더욱 감사하라.

④ 내가 세상의 자연을 경이롭게 느껴질 때도 감사하라.

⑤ 내가 고난과 고통이 잠시 멈추어지고 편안하면 그때도 감사하라.

☆☆☆ 하나님, 부처님 신에 대한 이해

이 모두는 우주의 형상을 말하는 것이다.

＊형상은 나뭇잎 하나 돌멩이 하나 물과 바람, 나라, 세상, 우주 자기 모두에게 기가 흐르고 기의 흐름을 형상이라고 한다.

＊천국의 나라도 극락의 세계도 없다. 귀신도 없다. 형상의 기 만 흐를 뿐이다.

＊모든 것은 깨달음에 있고, 자기 마음속의 진실에 있음이다.

＊교회나 절은 그분들의 깨달음 성자의 뜻과 성스러움을 인 류에 보급하고 알려야만 그것이 인간 사람의 정신에 기와 문 화 발전에 기여하는 것이므로 지금도 앞으로도 그리해야 할 것이다.

☆ 신은 3의 숫자를 선호한다.

① 삼라만상 ② 삼세번 ③ 삼위일체

어느 분야에서도 세 가지 원리 원칙을 깨달음? 0.1%를 연구 공부 노력해서 80%~90%만 성공하면 그것을 그 분야의 예술이 라고 할 수 있고 멋과 삶도 윤택하게 되리라.

*세상의 역사는

① 과거 ② 현재 ③ 미래

*예술의 길은

① 험하고도 ② 멀고 ③ 끝이 없다.

① 높이 나는 새가 ② 외롭지만 ③ 내려다보는 세상에 희열을
느낀다.

*대통령, 총리가 갖춰야 할 세 가지

① 세상의 안목에 소심하여야 한다.

② 통이 크고 배짱이 있어야 한다.

③ 과거, 현재, 미래의 비전이 명확해야 한다.

*세계 평화를 위한 정상회담의 세 가지

① 각 나라의 거품을 빼야 한다.

② 조금씩 양보에 목적을 두어야 한다.

③ 좋은 발전을 주고받으며 도와주는 공전의 정신이 있어야
한다.

＊국민 건강 3원칙

① 생명체는 열심히 해야 한다.

② 땀을 흘리고 운동해야 한다.

③ 즐거운 마음으로 해야 한다.

＊인간이 성공할 수 있는 세 가지

① 태어날 때 좋은 기를 받고 태어나야 한다 .

② 공부와 연구와 노력을 해야 한다.

③ 시대와 운이 따라야 한다.

＊가장 편안하게 잘 사는 세 가지

① 좀 덜 쪼들리고 조금이라도 여윳돈이 있어야 한다.

② 남보다 무엇이든지 조금이라도 앞서가야 하고, 잡을 수 있
어야 한다.

③ 법에 어긋나지 않게 향락도 조금 누리고 건강하게 노력하
며 열심히 사는 것이다.

＊군자의 세 가지

① 군자는 운명에 끌려가지 않는다. 운명에 도전해 보는 것

이다.

② 군자는 남을 탓하지 않는다, 나에게 오는 모든 것은 나의 운명이기 때문이다.

③ 군자의 정신은 진리, 진실, 진보, 평등, 사랑, 세상이다.

＊군자 한 사람의 생각보다 지식인 10명의 생각이 더 좋다.

＊악과 사람을 미워하지 않는 방법 세 가지

① 이 세상에 존재하는 모든 것은 악이든, 선이든 모두가 전능하신 하나님의 신이 창조하신 것이다, 모든 것이 다 이유가 있고 함께 공유·공존·공생해 가야 할 가치가 있게 만들어진 것임을 깨달으면 0.1%~90%이면 실행도 가능하다.

② 이 세상에 악마도, 사탄도, 마귀할멈도, 악어도, 사자도, 늑대도, 상어도, 독사도, 독거미도, 사마귀도, 사람들도, 어린 아기 때 동심의 아이일 때는 모두가 귀엽다, 예쁘다, 사랑스럽다, 꼭 그렇다. 특히 마귀할멈은 어릴 때 너무 귀엽게 놀아서 사랑을 독차지하다가 크면서 사랑받던 것이 점차 줄어들고 사랑이 열심히 하는 쪽으로 가 버리니까 질투심이 나기 시작하면서 사랑을 빼앗아 오는 연구를 하다 보니 결국 마귀할멈이 되었걸랑. 아마도 그렇겠지. 암만 그렇게 생각을 하면 미울 수가 없겠지.

③ 지금 내가 미워하고 있는 사람들이 먼 미래에 죽음 후에 저승에 갈 때라도 저승에서라도 나를 도와줄 수 있을 일로 도운다면 그럴 수는 꼭 있는 것이고, 우리가 외계의 나라에서 지구촌의 사람을 만난다면 얼마나 반갑고 나를 도와준다면 내가 옛날에 미워했던 일이 얼마나 철이 없고 못났던가, 하는 생각이 들겠지. 세상은 그런 일이 없으란 법은 없으니 우리는 사람을 미워해서는 안 된다. 알겠죠. 예!

*내가 좋아하는 용어 세 가지

① 내 뜻과 맞는 사람들과 살아가는 사람들은 행복한 사람이고, 내 뜻과 맞지 않는 사람들과도 잘 살아가는 사람은 위대한 사람이다.

② 구하라, 그리하면 얻을 것이니라. 생각하고 연구하고 노력하라.

③ 나의 과거, 나의 현재, 나의 미래 나의 모든 것은 신이 이미 결정해 놓은 것이고 모두가 나의 운명, 나의 팔자소관이다.

☆ 신의 뜻과 운명론?

*죽을 자는 살려고 애를 써도 죽고, 살 자는 죽음에 던져져도 산다. 죽고 살고도 하늘의 신의 뜻이다.

*나쁜 곳에 갈 자는 좋은 곳을 알려주어도 못 가고, 좋은 곳에 갈 자는 험난한 죽음이 있다 해도 그 길을 간다. 좋게 되는 것도 나쁘게 되는 것도 하늘 신의 뜻이다.

*될 사람은 어차피 되고, 안 될 사람은 어차피 안 된다. 대통령은 하늘의 뜻, 신의 뜻이다.

☆☆ 100% 내 운명을 바꾸는 신의 뜻

*나는 이번에 1%로도 내 뜻으로는 하지 못한다. 70세부터 불혹의 나이라고 공자님이 말씀하셨던가, 나는 69세에 죽음에서 70세에 새로운 운명이 시작되는 것 같다. 70세에 철이 들었다. 그동안 아무리 결심해도 철이 안 들던 것이 술을 끊으니 철이 들었다. 69세까지 삶을 아등바등 죽기 살기로 살아왔는데, 어쨌거나 팔자가 좋아졌다.

지금은 3억이나 든 내 가게에 생돈을 포기하고 버리고 나온 사람은 한 사람도 없을 것이다. 나이70에 내 운명을 바꾸는 것도 나는 1%도 못한다. 나는 내 병으로 1%도 병원에 가지 않는다. 그래서 나는 100% 죽은 몸이다. 신은 내가 죽어도 말을 듣지 않으니까 내 멱살을 잡아 처박아 피를 흘리면서 생 돼지 멱따는 소리를 지르게 하면서 위궤양, 간암, 폐에 피가 차는 세 번을 죽였다가 내 운명을 바꾸는 것으로 생명을 살려 주었다.

어릴 때 0의 과거에서부터 69세까지 일기를 쓰며 살아왔다고 해 보자. 모두가 나의 운명이고 내 팔자이고, 바로 신의 뜻임을 알 수가 있다. 70세부터 불혹의 나이에 나는 어떻게 해야 할 것인가. 이 글을 쓰고 있는 지금은 아직 몸이 완쾌되지 않아 삶의 활동은 나이도 있고, 못 하고 있다. 보증금까지도 까먹고 조금 받은 돈으로 우선은 내 가족의 생계비로 쓰고 있지만, 71세부터 내 몸이 완쾌되는 대로 삶으로 뛰어들어도 옛날같이 몸도 마음 같이 따르지 않을 것이니 지금 우선은 팔자의 운이 편안하지만,

간혹 걱정된다.

☆ 신은 내일을 너무 걱정하지 말라.

　오늘 나에게 주어진 모든 일에 열심히 최선을 다했으면 내일의 운명은 내일 주어진 대로 해 나가면 된다. 잘되고 안 되고는 나의 운명이고, 내 팔자이고, 신의 뜻이니까 걱정하지 말고 한번 시험하며 살아 보면 좋은 답이 나올 걸세그려잉!

강물

저기 저 흐르는 강물은 은빛일까 금빛일까
임 손잡고 바라볼 땐 파란 강물이더니만
임 잃고 홀로 강물을 바라보니
까맣게 물들었네

파란 강물 까만 강물 흘러서 가고
임 그리워 찾아와서 강물을 보니
임의 모습 수놓은 은빛일레라

강물은 유유히 흘러만 가는데
나를 두고 어이 갈메 님은 못 가네
임 아니 가옵고 저기 홀로 두고
나 또한 어이 갈고

저녁노을 불그스레 강물이 물들면
그리운 우리 임 눈물 눈물이런가
은빛으로 금빛으로 강물이 흐르면
우리 님 고운 꿈 노래일레라

모기의 만찬

일반 병동 7층에서 하룻밤을 보냈다. 내 가족들도 옆에서 조금씩 눈을 붙일 수가 있어서 좋았다고 했다. 오늘도 오전에 이동식 X-ray보다는 더 명확히 나오는 CT 촬영으로 폐와 간을 찍어 보잔다.

CT 촬영이나 MRI를 자주 찍으면 무슨 약물과 빛이 환자의 몸에 해롭다고들 하는데, 병원의 전문의들이 다 알아서 잘하시겠지, 하고 믿는다. 옆 환자의 보호자, 극성떠는 사람들은 그것도 의사 선생님을 붙들고 묻고 수다를 떤다.

7층은 바로 옆에 VIP 병동이 있어서 그런지 일반 병동 사람들도 좀 조용한 편인 것 같다. 오전에 검사를 마치고 차츰 삶의 희망이 확실하게 있는 것인지는 아직 모른다. 병원이란 곳이, 입원하면 중환자들은 대부분 하루는 조금 좋다고 말해 주던 것이 그다음 날은 또 죽을병인 것처럼 말하는 것이 설마 병원의 제1조 1항으로 환자에게 희망 쪽으로 말해 주라는 교육은 안 받았겠지.

시방 그래도 조금 살 희망이 싹수가 보이는 것 같으니 또 무슨 엉뚱한 개똥 막대기 소리를 하려고 싸방싸방 뜸북새 뜸 들이고 있다. 참, 고것이 무어에 쓰는 물건인고 하른, 세계 모든 환자가 매일매일 맞아야 하는 다목적 주사기와 채혈 검사를 할 때마다 찌르는 주사기에 대해서 이   지리가 한 말씀 하겠심더.

30년 전의 일이다. 아침에 구로동 내 사무실에 모기 한 마리가 밤새도록 바깥에서 창문으로 못 들어오고 추위에 떨고 굶었는지 창문을 열어 주니 날아 들어와서 배고픔에 죽음을 무릅쓰고 염치 불고하고 반소매를 입은 내 팔뚝에 날아와서 앉았다. 모기는 내 팔뚝의 혈관에 침을 꽂고 배고픔에 배를 채우고 있다.

햇볕이 따스하게 들어오고, 모기는 행복한 듯 보였고, 나는 모기의 만찬의 꿈을 깨버리고 싶지 않았다. 내 팔뚝을 움직이면 본의 아니게 훼방을 놓을까 봐 팔뚝을 움직이지 않고 조심히 가만히 두었다. 배고픈 모기의 배가 옛날에 만년필에 잉크를 고무 튜브에 넣듯이 내 피가 모기의 배에 볼록볼록 채워지고 있는 것이 보였다.

검붉은 내 피로 모기의 배가 볼록하게 다 채워지자 바로 날아가지 않고 자세를 낮춰 주저앉는 것이, 식곤증인지 나에게 고마움의 표시로 인사를 하는 것 같다. 밤새도록 바깥에서 추위와 배고픔에 떨다가 아침 햇볕의 따사로움 속에 만찬이 끝나고 조금 쉬었다가 날아갔다. 모기가 날아가는 것을 보는 순간, 나는 무엇을 깨달았다.

모기 침을 연구하면 의학의 최첨단 5차원의 세계를 백 년은 더 앞당길 수 있다. 모기 침을 주사기로 사용하면 모든 암이나 웬만한 병은 수술 없이 3D 프린터로 (1) 수술 없이, (2) 통증 없이, (3) 출혈 없이 간단히 치료할 수가 있다.

모기 침은 간이든 위든 어느 부위에 열 개를 찔렀다가 빼도 출혈과 통증이 없다. 몇 개는 암세포를 빨아내고, 몇 개는 치료약을 투입하고 소독하면 가렵지도 않고 간단히 치료할 수 있다. 아직도 대학병원이 주사를 놓을 때 따끔, 메롱! 이게 뭡니까. 칼로 살을 째고 참 창피스럽습니다잉! 제가 뭐랬습니까.

☆ 신이 세상에 이미 다 내놓았다지 않습니까, 자연의 소재에서 찾고 연구하면 깨달음 0.1%의 씨앗을 싹을 틔워 키우면 인류에 한 번 더 '리바이벌' 5D 프린트. (1) 간단하고 쉽게 (2) 돈 조금 들이고 (3) 통증 없이 (4) 수술, 시술 없이 (5) 출혈 없이 끝!

"왔다메! 장 형, 대박이야. 대박 멋져 부러잉! 뒷곰배 값을 해 부렀당께로! 무시기 노벨 의학상감이야. 감! 설마 단감 하나 주고 말지는 않겠지. 역사 이래 노벨상을 동시에 세 개를 받아서 목에 걸고 저승으로 골로 갈 거야. 알았지메잉! 장 형, 두 개는 뭔데? 궁금허는데요."

"암만! 거시기 하나는 나의 시를 보아. 혼에서 우러나오는 영롱한 이슬이니께 문학상, 또 한 개는 세상 만물을 사랑한다 했으니까 평화상, 그리고 의학상."

"왔다메, 장 형, 다시 리콜! 뭐시라!"

사마귀 시체를 꽃무늬 화장지에 말아서 양지바른 곳에 양지가 아니야, 노을빛이야. 그래, 노을빛 잘 드는 곳에 무덤을 만들고 봉분을 만들어 토닥토닥 두드려주고 하얀 감창풀꽃과 하얀 햅뜨게 꽃을 꺾어 무덤 앞에 놓아주고 명복을 빌었다, 이 말 아이가잉!

MRI 기계가 장 형 뒷곰배 뇌에 젖어 에라! 나도 모르겠다, 에! 라 나도 모르겠다 하고 있었다, 그 말이제잉!

모기가 장 형 팔뚝에 앉아 피를 빨아 먹는 만찬을 즐기고 장 형에게 고맙다고 인사하고 가는 것을 보고 시방 부처님같이 깨달았다, 이거 아이가잉!

왔다메! 환장하고 뒤로 나자빠져 코가 깨졌네, '잉!'이든 '앙!'이든 '깽!'이든 지랄 염병하고 자빠졌든 장 형 마음대로.

오마이 갓, 컴 온 오~라잇! 땡큐 베리 머춰, 헬로우, 얼씨구, 오우, 그래, 맛이 갔어잉! 앙! 에브리타임! 어쭈구리, 환장허것네 잉! 아부지 바지 합바지, 누나 바지 핫팬티, 오빠 바지 청바지. 아임 쏘리. 어이, 장 형! 한강에 날궂이하는 아줌마 있잖우, 그 아줌마 흔드는 손동작이랑 발놀림이 예사롭지가 않던데, 얼씨구 씨구 들어간다, 절씨구 씨구 들어간다, 그 아줌마하고 장 형하고 하모니를 한번 맞춰 보지그려. 암만! 쭉쭉새가 척척 잘 맞을 걸세.

한강의 날궂이 아줌마 & 쫀지리 장 형의 이벤트. 왔다메! 멋져 부러어잉! 아마 한강의 기적이 일어날 걸세잉! 인파가 물결같이 모여들고 9월 30일 불꽃놀이 인파는, 잉! 얼라들 저리 가거라잉! 요로코롬은 되야제 살맛이 나지 않겠어잉!

어이, 장 형! 장형 뒷곰배를 이해를 해야 되냐 맛이 간 걸로 해야 되냐. 장 형 국민학교 6학년 간신히 졸업했다며. 그런데 에브리 바지 합바지도 알고, 제법 문구가 있긴 있는 것 같기도 하고 감을 못 잡겠어그려잉!

암만! 나를 대학에 보냈으믄 밤 잠 안 자고 공부를 재밌어 죽겠음니 해서 똑똑한 자식은 나라에 받쳤지. 암만!

그저께 대학교수님이 TV에 출연료 많이 받고 강연하는데, 창조는 경험을 연결하는 것이다. 요로코롬! 글쎄용! 내 생각에는 '창조'는 새로운 것을 깨닫는 것이다. 깨달은 것이 0.1%면, '창의적'으로 경험을 바탕으로 더 연구하고 노력해서 점차 %를 올려가는 것이다. 요것이 맞지 않을까 싶네요 잉! 장 형, 쉿! 조댕이 닥쳐잉! 예, 알았구만요.

☆ 신은 3의 숫자에 각자 그 분야에 힌트를 넣어 놓고 그 분야의 원본 원리 원칙을 깨달으면 0.1% 이것을 창의적으로 연구하고 노력해서 70%~80% 끌어올리면, 예술의 입문에서 누구나 각자 자기 분야에서 자부심과 인간의 삶의 질을 높이는 데 이바지할 것이다.

＊서울대 법대를 들어갈 수 있는 세 가지 방법
　① 대한민국은 자유 민주주의 공화국이다.(행정)
　② 자유 민주주의란 법질서 속에서 자유로운 행동과 대화와

토론을 할 수 있다.(사법)

③ 법은 누가 만드는 것인가. 국민이 뽑은 (대표자) 국회의원
이 국회 안에서 의원 2/3 이상 찬성해서 법이 만들어진
다.(입법)

*나의 생각인데, 그 나라의 중심이 법이고, 그 나라의 자유가
법이고, 그 나라의 안정이 법이기 때문에 정말 법은 지식인 10명
이상이 연구와 토론을 거쳐서 국회에 올려야 하고, 개인의 욕심
은 나라를 망친다. 법을 잘 지키는 나라의 국민이 세계에서 존
경받을 것이고, 인류 문화의 발전에 밑거름이 된다는 것을 우리
나라 참 국민은 알았으면 한다.

*나의 예를 하나 들어 보자. 우리 집에 멍멍이가 한 마리 있다.
개는 사람을 진실로 따른다. 그래서 요즘은 젊은 사람들이 애완
견을 키우는 가정이 많아졌다. 한강 같은 곳에 산책을 가면, 사
람들이 예쁘다고 해 주면, 견주로서도 기분이 좋았다.
　예전에는 강아지가 풀숲에 들어가서 똥을 싸는 것은 안 치웠
다. 이것이 잘못되었음을 나는 깊이 반성한다. 만약에 풀숲 똥
을 사람이 밟았다고 해 보자. 모든 개가 개새끼로 죽을 욕을 먹
게 될 것이다. 개를 좋아하고, 사람들에게 사랑받게 하려면 진
정으로 약간의 냄새도 다른 사람들에게 인상을 주지 않게 견주
가 강아지의 뒤처리를 깨끗하게 할 때, 개들이 사람들에게 사랑

받을 날이 올 것이다.

그렇게 마음을 먹고 풀숲의 똥도, 길 위의 똥도 말끔하게 치우고 다니니까 내 마음이 두렵지 않고 오히려 떳떳해지니 이것도 좋은 자부심이 내 마음에 생기더이다. 견주 여러분! 파이팅! 가정 화목하세용.

☆ 자유 민주주의 공화국은 삼권분립 법칙으로 ① 행정 ② 사법 ③ 입법으로 되어 있다. 이 세 가지를 어릴 때부터 깨달아 버리면 서울대학교 법대를 들어갈 수 있는 자격이 된다.

＊다음 공부는 육하원칙.

① 누가 ② 어디서 ③ 언제 ④ 무엇을 ⑤ 어떻게 ⑥ 왜. 이 원리를 공부하고, 그다음은 육법전서, 그 외 우리나라의 판례 세계 나라들의 법례, 그다음 도덕, 문학, 철학 쪽으로 공부를 재미있게 놀아가면서 해도 서울 법대를 졸업하고 훌륭한 법관으로 존경받을 것이다.

☆ 참 나라의 사람들은 돈이 제일이 아니다. 자기 마음이 굳건한 사람이 제1일 것이다.

＊나의 경험을 한 가지만 더 말해 보겠다. 하루에 세 시간만 잠자고 공부한 사람은 서울대학교에 들어갈 수 있고, 하루에 4

시간을 잠자고 공부한 사람은 서울대학교 시험에 떨어진다. 한때는 이 말이 유행했다. 그 이유를 나의 경험으로 설명해 보자.

*하루에 세 시간만 잠을 잘 때는 밤 1시 30분까지 공부하고 옆 침대 이불 위에 엎어져서 잠이 깜빡 들었다 깨어나면 4시 30분이다. 잠이 새꿈새꿈하다, 상큼한 단잠이다, 이 말이 실감이 나고 잠이 그렇게 행복한 잠이 있을까 싶다.

정신이 자명종 시계가 필요 없이 세 번만 몇 시에 일어난다고 뇌에 입력시키면 그 시간에 일어나진다. 새벽 4시 30분에 일어나면 대소변을 보고, 양치하고 운동과 냉수마찰, 2분 명상, 그리고 또 공부하고, 아침 먹고 조금 쉬고 또 공부한다. 다른 일이 있으면 다른 일을 한다.

오전 10시~11시 사이 낮잠이 딱 5분. 책상에 앉아서 새꿈 졸고 깨어나면 하루 종일 정신이, 눈알이 초롱초롱, 메롱메롱, 하고 10리 밖의 냄새도, 일들도 감지할 수 있을 것 같은 청아한 정신이더라.

*하루에 4시간씩 자고 공부해 보니 잠에서 깨어나면 몸이 무겁고 머리도 멍하더이다. 낮잠도 10시~11시 사이에 앉아서 졸면 15분을 자고 눈이 떠지더이다. 낮잠을 자고 나도 몸이 찌뿌둥하고 정신이 멍해서 찬물에 세수해야 정신이 들더이다.

나는 이렇게 공부를 7~8년 했고, 느낀 소감이 아하, 그래서 3시간만 잠자고 공부한 사람은 서울대학교에 들어가고, 4시간 잠자고 공부한 사람은 서울대에 못 들어간다는 말의 뜻을 알게 되었다.

위의 말을 한 사람은 분명 서울대학교를 A 학점으로 졸업해서 지금은 이 나라의 유명한 인사가 되어 있을 것을 나는 확신한다. 이 말씀을 하신 분 존경합니다!

*스포츠댄스의 베이식 세 가지

36년을 동고동락하며 살아온 것이 비록 후루꾸 소설이지만 나의 깨달음을 말해 본다. ① 힙 무브먼트가 (그림문자) 8 좌우 앞뒤 돌리기 CBM&CBMP=원리를 깨달아야 한다. ② 체중 이동의 릴레이다-센터 밸런스에서 스포츠의 원리와 똑같음을 깨닫고 연습해야 한다. ③ 손, 팔 동작과 발목, 발가락의 움직임이 다 발레를 기준으로 손은 용이 여의주를 입에 물고 있는 포지션이고 발은 호랑이 걸음같이, 학의 걸음같이 깨달아야 한다.

* 스포츠댄스는 라틴 5종목, 모던 5종목, 총 10종목으로 되어 있다. 각 1종목에 베이식 세 가지만 깨닫고 0.1% 원리를 몸으로 연습해서 80~90%까지만 끌어올리면 스포츠댄스의 춤 예술이라고 할 수 있다. 영국 베이식을 원칙으로 하고, 최근에는 이태리 스포츠댄스를 자연의 흐름으로 몸을 만들어야 할 것이다.

*룸바의 베이식 세 가지

① 힙무브먼트 ② 손, 팔 처리 ③ 워킹 때 11시 방향, 1시 방향, 스파이럴이다. 4/4(카운터), 1/2(& 타임), 1/4(a 타임) 원리만 깨달으면 된다. 이상!

별 하나 만들어서
밤하늘에 띄워 줄게

가을비 내리는 아침에
비 맞은 생쥐 새끼 한 마리에게
노란 우산을 받쳐준 얼굴도 예쁜 아가씨야
순수와 질이 있어 보이는 19~21세쯤 되었을까

너는 정신없이 달려와서 주위의 의식도 없이
목발을 짚고 비를 맞으며 허둥대는
나에게 우산을 받쳐 주었지
내 사무실 앞까지 따라오며 너는 반을 비를
맞으며
우산은 나를 씌워 주려고

너는 천사니!

요즘 세상에 너같이 예쁜 아가씨들은
허영과 공주병에 걸려서 자기만 잘되면
그만이라는 자괴감에 빠져서 그까짓
병신 하나 목발도 짚었으니 더욱 거북해서
그냥 지났을 텐데

나는 너무 당황해서 너의 굽 낮은 구두를
목발로 찍고 말았지…
얼마나 미안하던지

시인은 별 하나 만들어서 밤하늘에 띄워 주고
신에게 작은 기도를 올린다
행여! 이 아가씨가 어느 때 어떤 고통과 아픔의
좌절이 있을 때

신이시여!
나의 아픔에 별이 되어 주듯이
오늘 이 아가씨를 상기시켜
새로운 희망의 길을 열어 주시고

아가씨의 결혼식이 있을 때
웨딩드레스 자락에도 은빛 은하수의

잔별들을 내리부어서 수놓아 주소서
그의 부군 될 어느 이름 모를 청년에게도
건강과 사회의 일들이 잘되어
행복한 삶을 살아가게 하소서

1988년 8월 27일 비 오는 날, 구로동에서 무명 시인 올림

오전 11시쯤, 교수님과 여의사 선생님의 오전 회진이다. 어제의 CT 촬영 결과와 채혈 검사 등을 말씀해주신다.

우측 폐 쪽은 피가 다 씻겨 내려가서 조금씩 정상을 찾아가고 있고, 간암 쪽은 여리지만 채혈 검사에서 염증 같은 것이 보이지 않으니 다행으로 안정을 찾아가고 있음이란다.

위출혈도 클립 한 곳이 안정되는 것 같으니 이제 모두 회복 쪽으로 진료의 가닥을 잡고 있단다. 문제는 현재 체온이 37.8~9도이므로, 조금 걱정은 되지만 내일 하루 더 관찰해 보고 별 이상이 없으면 환자분의 정신력이 강하시니까 모래 금요일 날 퇴원하시게 될 것 같습니다, 하고 교수님의 밝은 표정과 여의사 선생님의 미소가 아, 이 병원에 나의 병실에 광명의 빛이 내리는 것 같아 하마터면 침대에서 벌떡 일어나서 '하나님 만세!' 하고 소리칠 뻔했다.

아, 무슨 맑은 하늘에서 천둥 번개 치는 소리냐. 하나님의 신이 교수님에게 특명을 내리시어 평생을 일요일 한번 못 쉬고 개고생한 저 사람이 책임감으로 가족의 생계로 족쇄에 묶여 살아온 저 인간, 이대로 저승으로 데려가면 하나님 신이 인간 국민에게 욕먹겠지. 암만, 사마귀의 간절한 소원도 있고 하니 죽음에

서 생명의 모종을 좀 팔자가 괜찮은 것으로 옮겨 심어서 이승의
세상으로 오라잇, 시켜.

아, 이 감동. 하나님 신이시여, 감사합니다. 우리 교수님, 여의
사 선생님, 미소 고맙십니더. 오라잇! 바이, 바이, 저승 아저씨,
조금 더 있다가 봅세! 간다, 간다, 나는 간다, 이 세상을 또 보러
간다아잉!

가을에 한 송이 들국화 꽃을 피우기 위해
죽음의 눈보라 속에서 겨울의 혹독한 삭풍의
아픔에 몸 떨었나
봄부터 소쩍새는 그리고 슬피 울었나

여름 내내 천둥 번개는 먹구름 속에서 또
그렇게 울부짖었나 보다
가을에 한 송이 들국화 꽃을 피우기 위해

고 서정주 시인님 참배 삼배 올립니다.

1988년은 생애의 비극

1988년은 내 생애 있어서 가장 슬프고 고통스럽고 비참한 한 해였다. 서울 올림픽이 열리던 해였다, 4월에 홀어머니가 형님 집에서 돌아가셨다. 비보를 듣고 지하철을 타고 한강 다리 위를 지나가는데 전철은 왜 이리도 더디게 가는지, 강물은 왜 또 저리 고요한지….

어머니의 임종은 끝내 지키지 못하고, 어머니의 시신 앞에 앉은 나는 엷은 미소를 지었다. 막내아들이 올 줄 알고 어머니의 본 모습을 보여주려고 바깥의 모든 피를 불러들여 심장에 넣으시고, 뽀얀 피부는 세파에 시달렸던 흔적 하나 없이, 티끌 하나 없는 순수한 아가씨, 천사 같았다.

어머니! 나는 히죽히죽 웃고 있었다. 서울에 살면서도 나를 위해 온 조문객이 단 한 사람도 없다. 나는 형님에게 야단을 듣는다. 어머니가 돌아가셨는데 친구든 누구든 같은 서울에 살면서 조문객이 단 한 사람도 없다는 것은 오고 안 오는 것이 문제가 아니라 결혼을 해서 가정을 꾸린 어른이 사회생활을 어떻게 하길래 한심스러워서 하는 말이다.

나는 얼마나 야단을 맞았는지, 어머니를 잃어 서러운데 야단을 맞은 뒤에 울어야 하는 내 심정은 어떤 마음일까요. 나도 내가 왜 이렇게 살아가야 하는지, 나 자신이 미우면서 나의 잘못인 줄 알지만 나도 모르겠더이다.

49제 때 일주일에 한 번씩, 총 일곱 번을 가야 하는데 나는 하루만 쉬어도 생계를 이어가기 어렵기도 하고, 절을 할 때마다 노잣돈을 내야 하는데, 내 호주머니에 올라올 차비 몇만 원은 남아 있는지 걱정이 되니 좋은 곳 가시라는 마음보다 내 주머니에 얼마가 남았는지 그 생각뿐이라, 이 무슨, 인간의 꼴이 창피하더이다.

형님은 또 꾸중하신다. 제를 일곱 번이나 지내는데, 한 번 값은 내놓아야지, 네 형수 보기도 그렇지 않으냐 하시는데, 형님이 우리 집안의 경조사를 모두가 서운하지 않게 잘 처리하시고, 내 아이 둘, 대학에 모자란 등록금도 보태주시고 하며 우리 아이들에게 큰아버지로서의 노릇을 단단히 해 주셨다. 그렇게 좋은 형님이신데도 나는 왜 이리 형님이 야속하고 또 야속한지 모르겠더이다.

내 아내는 이런 구차한 꼴 보이고 싶지 않다며 아이들을 데리고 혼자 갔다 오라고 하지만, 어머니! 그래도 안 가면 안 되는 것이지요. 형제간 우애가 있어야 한다, 만날 걱정하셨는데 어떤 경우든 갔다가 오는 것이 어머니 미음이지요. 설이 돌아오면 가게는 대목이다, 해서 손님은 줄고 어떻게 내려갔다 올 여비만 있어도 갔다 와야 하는데 설 명절은 돈이 없는 사람에게는 정말 기죽이는 명절이다.

1년에 한 번 돌아오는 설인데, 삼촌으로서 평생 조카들 용돈 한번 기분 좋게 내놓는 것을 못 보았다고 형수님이 말씀하실 때, 통 큰 형수님 내 집안 모두 넉넉하게 챙기시고 우리에게도 줄 만큼 베풀어 주었고, 집안의 맏며느리 역할 다 하시는데 내 속이 옹졸하여 나의 쪼들리는 생활을 모르시고 말씀하시니 또 한번 내 가슴속에 못난 멍울을 만들었습니다.

평생을 어릴 적부터 일요일 한번 안 쉬고 열심히 일했건만, 결혼 전에는 낮에 회사에 갔다가 밤에는 노점상을 하며 악착같이 돈을 모으려고 하며 살아왔건만 왜 이 모양 이 꼴인지 나도 이해가 안 되며 모르겠더이다.

7월에는 인도에서 차도로 내딛는 순간 '따다닥' 하고 오른쪽 복숭아뼈 두 군데가 부러져서 깁스를 하고 양쪽에는 목발을 짚었다. 다음 날부터는 그 상태의 몸을 이끌고 마포구 성산동에서 구로동 내 사무실까지 버스를 환승하고 계단을 오르며 출퇴근을 했다.

댄스를 가르치는 나는 여자 조교 두 명을 두고 절룩이며 분필로 발 모양 그림을 그려가며 지도하고, 조교가 실습을 시키는 형태로 하루도 쉬지 못하고 일을 하였다. 사람들이 많은 출퇴근 시간을 피하려니 이른 아침에 나와야 했고, 퇴근은 밤 10시 넘어서 했다. 목발을 짚고 정류장까지 갔지만 어떤 때는 버스에 사람이 많아서 몇 대 보내야 했다. 그러다 보면 막차까지 보냈는지 차가 끊긴 듯해 불안하고 초조한 마음이 들곤 했다. 가까스로 막차를 타고 집 앞 정류장에 내렸을 때 안도의 한숨을 내쉬면 그 순간 얼마나 안도가 되고 행복하던지. 그 기분을 아는가.

비가 올 때는 양손에 목발을 짚었으니 우산은 엄두도 내지 못하고 비 맞은 생쥐 새끼가 되어 살아가야 하는 내 신세가 처량하고, 이런 처절한 내 삶에 대하여 이를 앙다물고 살았다.

10월에는 홀아버지인 장인어른이 돌아가셨다. 이제는 양쪽 집안에 부모님이 한 분도 안 계신다. 갑자기 이 세상에서 고아가된 기분이다. 하늘 아래 아무리 불러 보아도 대답할 부모님이한 분도 안 계신다.

목발을 짚고 하나밖에 없는 사위인 내가 장인어른의 초상을 맞이했다. S대 출신들의 집안 종갓집 어른의 초상집, 모 대학병원 영안실이다. 이 대학병원 혜화동 병원장도 내 아내의 사촌오빠이다. 정계와 재계 등, 이름만 말해도 아는 잘나가는 집안이다. 내 손위 처남도 S대 공과대학 A 학점인 서울고등학교 평균 점수 95점 이상을 받은 영어 박사, 수학 박사의 별명이 붙은수재들이다.

아산만 조류 수력발전소 도면을 정부로 올리고 현대조선, 대우조선 창설 멤버로서 후진국이었던 이 나라를 선진국으로 끌어올리는 데 이바지한 엘리트들이다. 거북선 설계도면을 가지고외국에 나가서 세계 최초 목선에서 철갑선을 만든 나라라고 홍보하고, 밤에는 각 나라에서 온 바이어들과 암암리에 접촉하며로비를 해서 정보를 얻어내고, 혹은 기술 제휴를 맺으며 작전을 짜고 008 첩보 작전을 방불케 하는 특명으로 대우 김우중 회장님의 『세계는 넓고 할일은 많다』라는 자서전에 참모로서 대형 선박 및 배터리의 오더를 따오며, 세계 진출을 추구한 인재들이다.

내 아내도 고등학교까지는 S대 의대생인 오빠 친구에게 과외 수업을 받고, 공주병도 지식 공주병에 걸려서 연대, 고대 학생이라면 콧방귀를 뀌며 요리끼리한 방귀 냄새의 뉘앙스를 풍기고 S대 오빠들 틈바구니에서 종이학이 되어 사랑을 받던 아가씨였다. 그런데 정작 평생의 동반자를 고를 때는 기껏 비철 압연기 기사 겸 주임이란 명함이 전부이고, 군대를 갔다 오고 현재 회사에서 충실하게 신임받고 있는 충실하고 착하다는 이유 하나만으로 나에게 시집온다는 것이 이 무슨 짓궂은 운명의 장난이란 말인가.

나는 회사에서 9179년에 우리나라 첫 철강 노조인 비철 압연도 노조에 가입해 달라는 현장의 직장장과 반장 이하 근로자들의 의견을 사무실과 현장의 대변인인 기사 겸 주임이 현장 편을 들다가 결국 해고수당 3개월 치와 퇴직금을 타고 회사에서 해고당했다. 이때부터 내 운명은 이 모양 이 꼴로 배배 꼬이고 말았다.

장인어른의 영안실이다. 잘나가는 집안의 초상집은 다르다. 조 편성이 되어 착착 일사불란하게 잘 진행된다.

*화환 정리 조: 화환도 높은 사람이 보내온 것을 영전 바로 옆에 양쪽으로 쭉 놓으면 바깥까지 꽃길이 조성된다.

*안내조: 화환 입구 바깥에서부터 조문객을 안내하고, 신발 정리까지 하며 마지막 꽃길까지 배웅한다.

*외부 활동 조: 전화로 알릴 분에게는 연락하고, 장지 선택과 법적, 사무적 기타 출장까지 다니며 법적으로도 말끔하게 이행하는 조인 것 같다.

*상주 보좌 조: 상주의 행동 눈빛을 주시하며 침묵 속에서 눈빛만 보아도 상주의 옆으로 가서 지시를 받고 이행하는 조인 것 같다.

모두가 대기업의 회사원들인데, 꼭 서울고등학교의 교칙을 교육받은 젊은이들 같다. 예전의 서울고등학생은 길거리에 다니는 것만 보아도 알 수가 있었다. 교복과 모자도 다르고 군화 같은 신발을 신고, 걸음걸이도 내 마음대로 걸어 다니는 것이 아니라 훈련을 받은 그대로 걸으니 전교생이 똑같다.

선후배 관계를 돈독히 교육해서 그래서 사회에 나오면 서울고등학교, 서울대학교는 인맥으로 끌어주고 의리로써 잘 뭉쳐서 나가다가, 부정부패도 의리로써 봐주고 얻어 받고 하다가 세월의 변화 앞에 암만! 쇠고랑들 많이 찼제. 이제는 세상이 깨어났다는 것을 공부 잘하고 머리 좋은 분들이 알고 있을 것이고, 세상이 돈으로 가고 다시 잡는 시대는 가고 오는 세상은 가을의 한 송이 들국화 꽃같이 자기 내면의 아름다움을 찾고 지식인이니께 우리 서민들에게도 좀 나누어 주셔야지요. 나는 지금도 이

분들을 보면 무섭고, 존경하고, 떨린다.

더욱 놀라운 것은 핸드폰이 없던 시대이고, 공중전화가 30원 할 때인데, 50원짜리를 넣고 상갓집에 왔다고 자기 집으로 전화해 주고, 공중전화 통에 20원이 남았는데, 나 같아도 어쩌겠어. 그때는 잔돈이 안 나오는 전화인데, 그냥 20원 그깟 것 버리고 수화기를 올려놓든가 아니면 다른 사람이 10원만 더 넣고 쓰라고 전화기를 흉물스럽게 올려놓고 갈 텐데.

야, 상가에 일하러 온 대기업 사원들은 월급을 많이 받는 젊은이들인데 공중전화 20원 남은 것에 목숨을 걸고 남들은 못 쓰게 벌벌 떨면서 어떻게 하든지 자기 동료를 불러서 10원을 더 넣어주고 동료의 집이든지 누구에게라도 전화를 하면 30원의 가치는 얻는 것이라는데, 나는 이것을 보고 아, 내가 못사는 이유를 알겠더이다.

대기업은 젊은 엘리트 신입사원에게 정기적으로 장사꾼의 사명으로 10원의 가치가 10억의 가치를 염두에 두고 인성 교육을 부장급이 시킨다고 들을 때, 대기업이 10원이 만들어지는 과정부터 10억이 될 때까지 실질적인 강좌를 한다는 내 손위 처남의 말을 듣고 소름이 끼치더이다.

그런데 내가 보기엔 이건 초상집이 아니다. 아버님이 돌아가셨는데, 집안이 모이고 통곡이 아니더라도 울음소리 한 번 안 들리고 사무적으로 의무적인 행사로, 나 원 참! 이것이 무슨 초상집이냐. 이것을 선진국 현대식 초상집이라면 인간애의 정이 없는 인생살이가 아닐까, 나는 암만 생각을 해도 이해가 안 되더이다.

4월에 내 어머니가 돌아가셨을 때는, 형님 집에서 초상집으로 삼시 세끼 메밥 지어 올릴 때마다 스님이 목탁 두드리며 극락왕생 기원하고 가족들은 향 한 점 피우고, 술 한잔 따라 올릴 때마다 통곡 소리가 에고, 에고, 우리 숙모님, 우리 갈 적마다 용돈 한 푼이라도 더 쥐여 주려고 하시던 우리 숙모. 이제 가면 언제 다시 뵈올꼬, 에고, 에고, 우리 숙모님, 하고 제 서러움에 겨워 자지러지는 내 사촌들의 통곡 소리.

장지를 떠나려는 관 앞에서 내 누님은 한을 토해내며, 통곡하셨다. 하나님도 야속하고 부처님도 야속합니다. 이 자식을 키우느라 고생, 고생 그 험한 고통의 길 참고 견디어 오신 내 어머니. 이제 좀 살 만하니 이렇게 데려가시면 안 되는데….

떠나려는 관 앞으로 막고 못 보낸다며 버티고 드러누우시니, 주위 사람들이 그래도 마지막 가시는 길이니 술 한잔 받고 가시게 하고 술 한잔 따라 올리라는 말에 누님은 관 앞에 술 한잔 철철 넘치게 올리시고, 노잣돈 하시라고 주머니에서 돈을 다 털어 내놓으시고, 담배 한 개비 불붙여 두 모금 빨고서는 담배도 한 대 피우고 가시라고 올려놓으시고, 큰절 한 번 올리시고, 두 번째는 또 땅바닥에 쓰러져서 이건 아니라고 못 보낸다고, 내 부모님은 하나님도 부처님도 못 데려간다고 양팔을 벌려서 관 앞을 막아서는 그 애절한 통곡에 주위 사람, 동네 사람 모두가 눈물바다가 되고. 에고, 에고, 꽃이 온 동네 만발했네.

시골 동네 같았으면 꽃상여 떠난다고

어~어~어화 어화 능차~ 어~화
가자, 가자 꽃상여야 북망산천으로 찾아가자
어~어~어화 어화 능차~ 어~화
북망산천이 멀다 해도 오늘 해에 당도한다
어~엉~어화 어화 능차~ 어~화
이제 가면 언제 오나 영영 이별이 웬 말인가
어~어~어화 어화 능차~ 어~화

이 얼마나 이생의 생과 죽음의 이별에 애잔하느냐. 꽃상여 위에 반 상주복을 입은 남정네가 타고 두건을 쓰고 종아리에 삼베 토시를 두르고 요롱을 손에 쥐고 두드리며, 북망산천이 멀다 해도 오늘 해에 당도한다, '어~어~어화 어화 능차~ 어~화' 구성진 음률에 비탈길 언덕 오르며 이리 삐걱, 저리 삐걱, 비틀비틀 꽃상여가 올라간다.

인간의 애환이 묻은 삶의 정을 죽음으로 끝을 내야 하는 이 절규, 아아, 이 한들을 어이 다 풀고 갈꼬. 무명 시인아, 이 한들을 글로 조목조목 적어 꽃상여 앞 대나무 깃대에 달아서 천 깃대, 만 깃대를 바람에 휘날리며 북망산천을 찾아가게 놔두고 무명 시인아, 다음 글을 쓰라.

장인어른의 영안실이다. 내일이면 장지로 떠난단다. 집안 모두 잘사는데, 하나밖에 없는 외동딸이 늘 마음 아프셨던 아버님, 지지리도 초라한 사위는 다리 깁스를 하고, 목발을 짚고 장인어른 영안실을 지켜드리겠다고 목발을 침상에 걸쳐 놓고 깁스한 다리를 뻗정다리로 침상 위에 올려놓고 있는 내 모습이 가관이지. 세상에 이럴 수도 있는 것인지! 신이여, 사람들이여, 한 말씀 좀 해 주세요.

아내가 보기에도 참 기가 막히고 말이 막혀 어떻게 말을 해야 좋을지 말을 더듬거리며 나에게 다가와 말을 한다. 어떻게 좀 해 봐, 이것은 아니잖아. 가슴이 막혀 말이 제대로 안 나오는 음성으로, 오늘 저녁에는 오빠 친구들이 많이 온다는데, 그들 앞에 저 사람이 신랑이라고 소개하기가 말문이 막히고 억장이 무너지는 심정이겠지.

여고 시절 S대 오빠 친구들 그 틈바구니에서 사랑받으며 학교에 다녀오면 책가방 팽개치고 두 갈래 땋은 머리로 사복으로 갈아입고 극장 다니면서 내 아내의 18번 노래, 예스터데이, 베사메무쵸, 사요나라, 노래를 부르면서 꿈에 살던 여고 시절이 있었겠지.

나는 늘 미안한 마음이고, 차라리 칠푼이 여자를 만나서 결혼했으면 이렇게 죄스럽지 않고 내가 대접을 받으며 편안한 삶을 대충 살다가 가면 좋았을걸, 생각해 보지만 그것은 아니다. 그렇게는 해서 안 되는 것이다. 왜 안 되느냐고는 묻지 말아라.

아내는 하나뿐인 사위가 장인어른의 마지막 밤을 지켜드린다고 저러고 있는데, 차마 무슨 말을 어이 할꼬. 병신 같다 했다가는 평생 가슴에 못 박을 말이 될까 봐 떨리는 음성으로 조용히 "여보, 어디 가서 좀 쉬고 있든지, 집에 가서 잠을 좀 자고 내일 아침에 오든지, 아니면 병원 바깥에 뜰에 나가 있으면 조문객들이 다녀간 후에 데리러 갈게." 하는 말도 차마 오해할까 봐 조심히 말을 한다.

나는 목발을 짚고 쓸쓸하게 못난 모습으로 병원 뜰에 나왔다. 밤하늘을 보며 왜 이토록 시련을 주십니까. 내 무능임은 알지만, 혹시 하나님의 신이 감기약 먹고 어리해서 머리에 수건 동여맬 때 내 운명을 결정하고 동여맨 수건을 풀 때 내 아내의 운명을 결정해서 이토록 시련을 주시는 겁니까. 하나님 신이 아픈 것을 왜 우리 부부에게 아픔을 돌리셨습니까. 왜, 왜 그러셨습니까! 나는 휑하게 지나가는 세상 위에 목발을 짚고 바람에 버티며 허공만 바라본다.

오늘은 아버님 시신이 장지로 떠나는 날이다. 아침에 이슬비가 내리더니 날씨가 어둑어둑하고 희미하다. 영안실 바깥마당에 운구차가 서 있고, 아버님 관을 놓고 상주와 사람들이 둘러서 있다. 관 옆에는 하얀 국화꽃이 한 아름 놓여 있고, 큰 상주부터 차례대로 국화꽃 한 송이 들고 향로에 향 한 줌 피우고, 묵념하고 국화꽃 한 송이씩을 바친다.

사회자의 지시에 따라 가족 단위로, 친구 단위로 국화꽃을 들고 묵념하고 꽃을 영정사진 앞에 놓고 나온다. 아내는 마지막 가시는 아버님을 보기는 하되, 목발을 짚고 나가지는 말고 사람들 뒤에서 작별 인사를 마음으로 올려드리란다.

아침에 조금씩 뿌리던 이슬비는 우산을 쓰지 않아도 될 만큼 안개같이 내렸다. 국화꽃 인사도 끝났다. 사회자가 혹시 뒤늦게 오신 분이 있나, 하고 주위를 둘러보며 이제 인사 올릴 분이 안 계시느냐고 할 때 내 마음은 왜 이리 콩닥거리는지.

사회자가 '운구 조 좌향좌, 우향우, 관으로 향하여!'를 명령했고, 검정 양복에 흰 셔츠를 입고 좁은 넥타이를 매고 흰 장갑을 낀 젊은 청년들이 군대 사열식을 하듯 관을 향해 차렷 자세로 설 때 나의 정신이 헤까닥 혼미해지며, 억제를 못 하고 기어이 또 사고를 치고 말았다.

목발을 짚고 아버님 관 앞으로 쩔뚝거리며 걸어 나가자, 아내가 당황하여 내 옷자락을 잡았지만 이미 늦었다. 어둑한 날씨는 안개같이 덮이고 아버님 관 앞에 선 나는 우측 목발을 좌측으로 옮겨 잡고 향로에 향을 조금 넣고 국화꽃 한 송이를 들었다. 나는 국화꽃을 든 채 두 손으로 합장하고, 내 가슴에 묻었다가 불교식으로 합장 삼배를 올리고 깨금발로 뛰어 하얀 국화꽃 한 송이를 아버님 관 위에 십자가의 보자기 위에 올려놓았다. 차마 떨어지지 않는 발길을 목발을 바로 움켜쥐고 돌아서는데, 눈물이 앞을 가렸다. 흐르는 눈물이 못난 사위의 죄스러움에 용서를 구합니다. 아버님.

어느 집안이든지 사위 자랑들 하느라고 교수님 검사, 판사님

박사 사위라고 기세등등하건만, 아버님은 집안의 행사가 있을 때마다 큰 호텔로 나를 꼭 데리고 다니시며 우리 사위, 우리 사위, 하시며 잘나가는 조카들에게 일일이 인사를 시키며 하나밖에 없는 사위가 저들과 함께 공조하며 저들의 대열에 나를 끼워 넣고 싶어서 그리도 애를 쓰시던 아버님, 미안합니더!

학벌이 없어서 어디 이력서 한 통 부탁 못 하고, 내 아내의 자존심이 한강 모래 백사장에 혀를 박고 죽어도 썩어도 준치로 살아온 아내는 아버님의 성격을 닮아서 꼬장꼬장한 성격에 친오빠를 무지 존경하면서도 그 앞에서의 자존심은 그 오빠에 그 동생이 아니랄까 봐 한 치도 지지 않는 것이라서 아버님, 그냥 이대로 살겠심더, 너무 상심하지 마시고 편히 가시옵소서. 미안합니더. 아버님!

내 가슴속의 응어리를 삭이며 눈물로 돌아오는데, 그때 누군가가 저 사람이 종갓집 사위 누구의 신랑이라고 말했고, 여기저기서 흑흑 우는 소리가 들리고, 손수건들을 꺼내서 코를 훌쩍이는 모습이 이제야 초상집 분위기 같았다.

장지를 다녀온 내 아내는 기어이 또 사고를 쳤느냐며, '이 원수 같은 인간아, 내가 창피해서 못 살겠다'고 꾸중을 할 줄 알았는데, 오히려 애틋하게 대해주며 '이번에 마음고생이 심했지?' 하며 나를 위로해 준다. 당신이 아버님 관 위에 올려놓은 하얀 국화꽃 한 송이를 검은 양복을 입고 흰 장갑을 낀 젊은 운구 조 청년들이 얼마나 소중하게 다뤄주던지…. 아버지 관 위에서 함께 당신이 놓은 하얀 국화꽃 한 송이가 들어가는 것을 보고 한 편의 시 같은 감동을 받았다며 다시 한번 리바이벌로 당신 이번에 마음고생 심했을 것으로 안다며 미안해했다. 아내의 눈에 눈물이 글썽하는 것을 보고 나는 평생 처음 미안하다는 말과 칭찬까지 해 주었지롱! 아, 이 기분 나이스 샷! 좋아 부렀지. 홍~잉~!

아버님께 시 한 편

님은 갔습니다
국화 꽃잎 휘날리며 님은 떠나갔습니다
아침에 이슬비 내리더니
이슬이 되어 영롱히 영원의 나라로 갔습니다

이 땅의 들녘에 가을이 오면
이슬은 국화 꽃잎 위에도 얹히겠지요
선선하리만치 아침저녁으로
소슬바람이 불어오면
저희들은 그리움에 눈물이 어리겠지요

내년에도 이맘때쯤이면
잠시 아버님 생각에 설움에 거워
세상에 몸 떨겠지요

하늘 아래 이 땅 위에
아버님이 계신다는 것과 안 계신다는 것이
이렇게 공허함이 크게 마음에 와 닿을 줄은
예전엔 미처 몰랐습니다

세월이 가면
아버님의 그리움도 잊혀가겠지만
간혹 생각이 떠오르면
슬픔에 눈물이 어리겠지요

가을바람은 쓸쓸하리만치 경이롭고
한 톨의 씨앗이 오곡으로 영글고
햇살에 곡식들이 익어가듯
희망으로 세상을 살아가라고 그 말씀

가슴에 새기며
하얀 국화꽃 한 송이 아버님 무덤 위에
바치겠습니다
아버님 영생의 나라로 환승하십시오

못난 사위 올림

2016년 12월 1일 목요일

12월의 연말이다. 징글벨 음악 소리가 흘러나오고, 네온사인 불빛에 루돌프 사슴 코의 썰매에 반짝이 잔 전구들이 휘황찬란하게 반짝이는 길거리에 온통 아기 예수의 탄생 축하 퍼레이드의 물결에 휩쓸려 나도 교회도 안 다니면서 교회에 잘나가는 아이처럼 바지 주머니에 양손을 찔러 넣고 어깨를 신들거리며 휘파람을 불며 연말 송년의 해를 보낸 시절의 추억도 있었는데, 지금은 악몽 같은 죽음의 그림자에 짓눌려 왔던 한 해도 서서히 저물어 가는구나.

69세의 나이가 삼재라고 했던가, 미신을 믿는 것은 아니다. 지금까지 단 한 번도 미신에 의지해 본 적이 없다. 앞으로도 그럴 것이다. 나에게 다가오는 모든 것은 나의 운명이다. 운명을 피하거나 운명에 비겁해지고 싶지 않다. 신이 주는 내 운명이면 죽음이라도 기꺼이 가겠다.

내일이면 죽음에서 생명으로, 삶 속으로 다시 가는 퇴원을 한단다. 지금 내 가게는 엉망진창이 되었을 텐데…. 올해 초부터 내 몸에 병이 깊어짐을 느끼고 가게에 들어간 3억 이상을 권리금으로 1억만이라도 건지려고 봄부터 여름 내내 가게 허가 문제로 구청 건축과와 문화체육과와 세무서를 왜놈 순사에게 끌려가는 만큼 떨려서 약국에 가서 청심환을 사 먹으면서 서너 번씩 찾아가서 사정해 보았으나, 공무원으로서 법에 맞지 않는 것을 도와줄 수 없다는 거절을 당하고 가을에는 건물 회장님과 부동산의 실랑이로 피를 말리더니 결국 모두 다 수포로 돌아가고, 3개월 후면 원상복구 비용 견적서 4천만 원을 복구하고 나가지 않으면, 손해배상 책임까지 법으로 청구하겠다니 내 마지막 둥지의 집마저 잃을까 봐 두려움에 하루하루 속앓이로 밤을 지새웠건만 2016년의 악몽 같은 한 해도 그래도 죽음에서 생명의 씨앗 하나 움 틔워서 아듀여!

오전에 교수님 회진이다. 예정대로 내일 퇴원을 검토하고 있으며, 오늘 체온이 37.6~7도. 어제보다 0.2도가 내려갔으니, 내일 금요일 퇴원이 될 것 같습니다. 퇴원하시고 술 드시면 안 되고, 3개월까지는 생선이나 조개류 등 날것 섭취를 삼가시고, 몸에 이상이나 체온이 올라가면 바로 내원하셔서 주민등록번호와 이름을 말하시면 바로 저희가 달려올 겁니다. 병원에 오시라는 날짜에 꼭 와 주시고, 완치가 아닌 퇴원이기 때문에 몸을 잘 관리해야 하고, 고단백 음식 고기 종류를 많이 섭취하란다.

교수님과 여의사 선생님께 고맙다는 말은 목이 메어서 차마 하지 못하고, 미소를 띤 채 고개를 끄덕이며 인사했다. 교수님도 기분이 좋은 듯 밝은 모습으로 나에게 인사를 하며 나가려 할 때, 벙어리 말문이 트이듯 '교수님!' 하고 불렀다. 교수님은 뒤돌아서며 무엇이든 물어보라는 표정을 지었다.

내 생각에 병원비가 전부 보험회사에서 나온다니까 이참에 내가 가장 두려워하고, 죽음보다도 더 남에게 혐오스러움을 주는 폐에 이상은 없는지 꼭 명확하게 확인을 하고 퇴원을 해야겠다는 생각이 들어서였다.

교수님에게 용기를 내어 말했다. 2년 전부터 좌측 폐가 아프고 겨드랑이까지 아프고 마른 쇳소리가 나는 기침과 아침이면 목에 가래가 끼어서 나오는데 혹시 제 폐에는 이상이 없는 것인지요, 이번에 확실히 알고 퇴원하고 싶습니다, 하고 말했다.

교수님은 약간 머뭇거리시더니 X-ray상으로는 별 이상이 없는 것 같은데 좌측 폐라고 하니까 이번에 피가 가득 찬 것은 우측 폐였기에 우측에만 신경이 많이 간 것 같으니 환자분이 꺼림칙하시다면 폐만 집중해서 CT 촬영을 하자 하여 촬영을 마치고 병동으로 올라왔다.

오후 늦게 내 폐에 아무 이상이 없단다. 아, 이 짠한 감동. 몇 년을 상심하며 내 폐 균을 남에게 옮길까 봐 죄인 같은 심정으로 조심하며 살아왔는데, 나의 죄는 무죄. 광명 천지의 햇살을 받아도 됨. 아, 이 얼마나 멋진 소리냐. 이 영광의 빛, 나는 하마터면 교수님과 여의사 선생님 앞에서 벌떡 일어나서 '대한민국 만세! 대한민국 만세! 대한민국 만세!' 하며 만세 삼창을 부를 뻔했다.

내가 엄살이 좀 심했나? 하기야 시인은 좀 허풍이 심하긴 하지. '에잇, 더러운 세상!' 하고 발로 엄지손가락만 한 돌멩이를 탁 차고서는 세상을 발로 찼다고 하니, 이 정도의 허풍이면 웬만한 한강 물을 팔아먹은 봉이 김선달은 이 무명 시인의 허풍, 허깨비 '허' 자 바람 '풍' 자 앞에선 기절초풍의 바람에 날려가서 어디에 떨어졌는지도 안 보여야잉! 나는 무허가라서 그렇다 치고 허가 낸 동요 시인 앞에선 나도 깨갱이야. 새끼손가락으로 개 꼬리 착 내리고 엄살을 떨어야 돼야. 앙!

어이! 장 형, 허가 낸 동요 시인이 무엇을 그렇게 어마어마하게 허풍을 쳤대요, 응? 암만! 거짓말도 어느 정도여야지, 보라우!

동무야 나오너라 달 따러 가자
망태 메고 장대 들고 뒷동산으로
뒷동산에 올라가 목마를 태워
장대로 달을 따서 망태에 담아

랄랄랄랄 랄랄랄랄 깨금발 뛰며 동네로 오니
동네는 달이 누가 따가 부러서 깜깜했는데
망태기에 담은 달을 꺼내놓으니
온 동네가 훤히 밝아졌대요

세상에 달하고 지구하고 거리가 얼마인데
장대가 쬐금 모자라서 목마를 태워 달을 따냠요
달의 크기가 어마어마한데 망태기에 담아지냠요

달을 누가 따갔다고 또 속아 넘어가남요. 응아! 잉!

어이! 장형, 뚝! 아니 제가 뭘 틀렸는감요? 장 형, '뚝!'이라고 했어! 예, 알았구만요. 그렇다. 어린아이일 때 엄마가 '울음 뚝!' 하면 두 번째 엄마가 '뚝!' 했을 때 울음을 뚝 그치는 아이들은 이다음에 커서 사회에서 꼭 성공하는 사람이 된다.

아이들이 잘못해서 어른이 아이에게 야단을 치는 것도 두 번 반복까지는 훌륭한 스승이다. 세 번째는 본전이다. 네 번째는 잔소리가 된다. 다섯 번째 되풀이하며 야단을 치면 그것은 멍멍이 소리가 된다는 것을 알아야 할 것이다. 한번에 저 사람의 성격을 바꾸려는 생각을 하지 말라. 진실을 줄 때 진실을 얻을 수 있는 것이다.

어머니의 눈물

어머니
한 방울의 눈물이 고여 바람에 아프지
않습니까
이것은 당신의 눈가에 늘 묻어 있던
눈물입니까

언제나 새벽닭이 울기 전에 일어나시어
이 자식들에게 이불자락 끌어서 덮어 주시고
이 추운 겨울 엄동설한 새벽에
어판장에 가서 생선을 받아 반디에 담아
머리 위에 이고 산골 동네마다 찾아다니시며
곡식과도 바꾸고

어느 때는 저희들이 좋아하는 먹거리 과자도

얻었다고 내놓으시는 어머니
우리 삼 남매는 갓 태어난 제비 새끼들처럼
노란 주둥이를 내밀고
어미가 물어올 먹이를 기다리는 둥지에서
오늘은 어둠이 깔리고 밤이 깊어져 가는데
어미는 왜 아직 둥지로 돌아오지 않고 있는지
찢어진 창호지 문틈으로 외풍이 솔솔 들어와서
어깨가 시리고 코쌍배기가 차서
빨개진 코를 씩씩 들이마시며 이불 하나 펴서
발을 집어넣고 앉아서 조금씩 서로 더 당기려는
철이 없는 이 자식들

깜깜해진 밤중에야 밖에 마루에 쿵 하고
반디를 내려놓는 소리에
어미가 돌아온 기쁨은 잠깐이고 반디에 먹을거리가
있나 보고 들고 방으로 들어가서 좋아라 하는

새끼들을 보는 어미의 기쁨이 모성애의 진심이
가슴속에서 우러나오는 어미의 애틋한 사랑의
절규임을 하늘은 아는가 듣고 있는가

내일도 강추위와 혹독한 설한의 아픔, 고통일지라도

엄마가 자식을 사랑하는 절규 앞을 가로막지 못한다
"자식들이여, 부모에게 효도하라!"

오늘은 밤이 깊어서야 집으로 돌아온 것이 이 산골 동네에서 저 산골 동네까지 높은 고개를 넘어서 걸음을 재촉하다가 그만 돌부리를 발로 차서 고무신은 쭉 찢어지고, 엄지발가락은 터져서 아픔의 피가 흐르고 어미는 주위의 칡 줄기를 뜯어서 동여매고 절룩이며 밤이 늦어서야 새끼들이 기다리는 둥지로 오신 어머니. 그 아픈 와중에도 새끼들이 먹을 것을 기다리고 있을 것을 생각하고 챙겨 오신 나의 어머니. 한숨 돌릴 여유도 없이 부엌으로 들어가서 이 자식들 보리밥이라도 챙겨 먹었는지 살펴보시고….

또 부엌에 불을 때 밥을 준비해 놓고 찢어진 고무신 한 짝을 방에 들고 오셨다. 호롱불 밑에서 듬성듬성 찢어진 고무신을 꿰매고 계신 어머니. 내일도 삶의 전쟁터에 나갈 전차 바퀴 수리하듯 고무신 한 짝을 꿰매 놓고서야 한숨 돌리시고 호롱불 '후' 불어 끄시고 쪼그리고 잠을 청하시는 어머니. 어머니, 이불 조금 덮으세요, 하니 아니다, 어미는 발만 따시면 잠 온단다, 하시고 조금 눈을 붙이고는 아직 어둠이 짙은 새벽의 강추위에 오늘도 반디를 들고 나가시는 어머니.

이 자식은 서울 가서 돈 벌어서 어머니 호강시켜 드릴게요. 촌놈이 서울 가면 눈 뜨고 코 베가는 서울 놈들 조심하거랭!

어머니는 내 빤스 속에 주머니를 만들고 한 달 하숙비 돈 4천 원을 넣고 옷핀으로 입구 잠금장치를 하고, 돈을 꺼낼 일이 있으믄 공중변소 똥 누는 데 들어가서 빠트리지 않게 뒤로 서서 꺼내고 잠그는 것 단디 하라고 하셨고, 우선 쓸 돈은 여기저기 주머니에 소매치기 안 맞게 깊숙이 나누어서 넣어주셨다.

서울역에 내려서 앞에 빌딩이 하도 높아서 저렇게 높이 누가 지었을까, 신기해서 멍하니 쳐다보고 있는데, 건물 주인도 아닌 놈이 주머니에서 주섬주섬 녹색 완장을 꺼내서 팔뚝에 차더니 자기가 뭐 건물 관리 반장이라고 하며 저 앞의 빌딩을 지을 때 돈이 어마어마하게 들었는데 고속도로 닦을 때 돈이 어마어마하게 들여 놓고 통행세를 받는 것과 같다며 앞 건물도 10층까지는 서비스 차원에서 보아도 공짜이지만 10층부터는 한 층씩 올라가며 쳐다보는 데 1원씩이란다.

조금 전에 보니까 맨 위층까지 목 빠지게 쳐다보는 것 같은데 솔직히 말하면 조금 깎아줄 테니 바른말 하라는 말에 내 입에서 30층, 하고 말이 나오는 것을 꽉 참고 엄마가 가르쳐준 말 '서울 가면 눈 똑바로 뜨거래, 눈 뜨고 코 베어 간다 안 카나' 그 말씀 가슴 깊이 새기며, 나는 눈을 딱 뜨고 조기, 저기까지 손가락으로 대충 가리키며 15층까지만 보았다고 하니까 그러면 15층 마이너스 10층은 5층이니까 돈 오 원을 내라고 해서 버스 한 번 타는 데 4원이니 5원이 아깝지만, 서울 놈이 촌놈에게 속아 넘어가는 것이 재미있고 고소해서 주머니에서 5원을 꺼내 주었다.

서울 놈들 약아빠졌다고 해도 헛똑똑이여! 촌놈이 서울 놈을

속여먹였드래요. 얼레리 꼴레리. 얼레리 꼴레리. 신바람이 난 촌놈은 한쪽 다리 부러진 복슬강아지처럼 깨금발로 더듬더듬 강아지 흉내를 내며 뛰어가는 촌놈이 있었으니 서울 놈은 또 한 건 올리는 거여.

나는 영등포에 동네 형님뻘 되는 주소를 들고 헤매며 주식회사 대문에 '사원모집' 광고에 공돌이 00명, 공순이 00명 판자가 붙어 있는 곳은 무조건 경비실에 들어가서 일할 수 있느냐며 물어보며 종일 몇 날 며칠을 돌아다녔다.

결국에 양평동 롯데제과 옆 판잣집에 형님 친구분 자취방에 함께 기거하며 대림동 영창피아노 일광초자 옆 비철 압연기 기계부로 들어갔다. 모터가 500마력~1,000마력의 모터 뿔이에 V벨트가 나오기 전에 로프를 꼬아서 압연기를 돌렸고, 그다음 V벨트가 나오고 그다음은 자동으로 기계가 바뀌었다. 양평동에서 대림동까지 버스비 4원. 왕복 8원을 아끼려고 걸어서 출퇴근을 했다.

10시간 노동에 한 달에 잔업 14시간을 15일 넘게 하며 월급보다 수당이 훨씬 많은 돈 모으는 것에만 전념했다. 잠은 공장 구석에서 쪼그리고 자면 세끼에 밤참까지 나오고, 회사에서는 모범기사에 주임의 직함까지 받으며 악착같이 돈을 몇 년을 모았다.

그 돈은 머리 좋고 통 큰 형님을 아버지처럼 삼고 살아온 나는 나보다 형님이 잘되길 빌었고, 죽음까지도 형님 대신 내가 죽어도 하나 아깝지 않게 생각하고 형님에게 이 말을 한 적도 있다. 형님이 살아야 우리 집안 모두를 돌볼 수 있다는 생각에서다.

어느 날 형님은 형님 친구와 함께 찾아왔다. 경주 보문단지 그 골짜기에 경치가 끝내주는 시골 산골에 그곳은 나도 알고 있는 마음이 가는 곳이다. 그곳에 땅을 조금 사서 주위에 과일나무들도 심고, 감포 내 고향 앞 바닷물을 싣고 와서 수족관식 자연 바다로 고기도 키우고, 앞 냇가에 많은 돌로 경관도 꾸미고, 지금 외국에서 떼돈을 벌고 있는 조개 속에 인조진주를 수정하면 몇 년 뒤에는 진주로 돈을 벌고, 조개에서 돈 벌고, 꿩 먹고 알 먹고, 도랑 치고 그 돌로 경관 꾸미고 민박을 해서 돈이 모이면 주위의 땅을 사서 이다음에 네가 결혼해서 직장생활이 힘들면 시골 여기 경치 좋은 곳에 내려와서 함께 살면 좋겠다는 형님 말씀에 그것도 친구와 돈을 반반씩 투자해서 한다니 믿음이 가고, 형님과 같이 온 친구는 나도 잘 아는 우리 동네에서 제법 잘사는 형님이라 믿을 수가 있었다.

이다음 언젠가 결혼해서 힘든 직장 그만두면 아내와 함께 형님이 터 닦아 놓은 경치 좋은 곳에서 살 수 있다는 포부에 여태 모아두었던 돈을 한 푼도 남기지 않고 다 주었다.

지금도 내 마음이 미안하고 가슴에 뭉쳐 있는 한이 하나 있다. 내 사촌 형님이 나를 참 좋아했다. 내가 초등학교 1학년 때쯤일까, 다른 반 학생이 나를 괴롭히면 내 사촌 형님에게 일러바쳤다. 사촌 형님이 그 아이를 불러 혼을 내주면 나는 으스대고 다녔다.

　그때 내가 4학년 때는 전교 어린이, 부회장, 학습부장, 분단장으로 담임 선생님 옆에서 성적 수, 우, 미, 양, 가를 내가 불렀다. 점심시간에는 어린이 방송실에서 6·25 책 페이지를 읽었고, 미래가 촉망받는 아이로 잘나갔었는데, 5학년 때 형님이 큰 사고로 포항 동광병원에서 2년을 넘게 입원해 있었다.

　그때는 의료보험이 안 되니 우리 논과 집 다 팔고 나는 고아가 되어 큰집에 얹혀 초등학교를 간신히 졸업했다. 결국 그때부터 나의 운명은 산산조각이 나고, 초등학교 5학년 때부터 내 밥벌이는 내가 해야 했다.

　"너는 똑똑하고 야무져서 어디를 가도 성공할 거여." 하고 칭찬해 주시던 사촌 형님은 일찍 결혼을 해서 아이 셋을 두고 배기관장 일을 했는데 배와 함께 행방불명이 되었다. 혹시 북으로 납치가 되지나 않았을까 생각해봐도 지금까지 소식이 없어 제사는 지내고 있다.

　나는 서울 올 때 그 사촌 형수님에게 "내가 서울 가서 자리 잡으면 너거들 불러올릴 거마." 하고 언약한 약속을 나 살기 힘들어서 모두 수포가 된 이 심정을 저거들이 알 리가 없겠지. 야속하다고만 생각하겠지.

　지금도 어쩌다가 로또 복권을 한 장 살 때마다 당첨만 되면 그 약속으로 어려운 집안 열 명에게 3천만 원씩이라도 주어야 내 한이 좀 풀리겠지만, 로또는 날개를 달고 어디로 날아가나 뒤돌아보지도 않고 남의 품에는 잘도 가는데 한 달에 한 번 내 돈 오천 원씩은 로또의 꽁무니를 따라 어디로 날아가누나.

어머니, 요즘 젊은이들 몇몇은 삶이 힘들다고 금수저, 흙수저 따지며 형제 부모와도 돈 때문에 칼부림 나게 싸우고 저러면 안 되는 거지요. 자유의 이 땅 위에 생명의 씨앗이 얼마나 고귀하고 소중한 줄 모르고 세상을 원망하고 부모 형제를 원망하며 범죄를 저지르는 저들이 어머니, 뭣이 나사가 하나 좀 덜 조인 것이 맞지요, 어머니.

어머니, 다 자식이니까 마음 아프고 사랑하겠지요. 허지만 어머니 자식이라도 법을 어기면 죗값은 받은 후 어머니에게 다시 오면 내 자식 더 애틋이 사랑해 주마시던 어머니.

어머니, 이제 환승하시어 저 장엄한 밤하늘에 별이 되어 어둠 속을 밝히는 빛으로 영생하십시오, 하였건만 아직도 당신의 눈가에 묻어 있는 여린 눈물은 이 자식의 애착이옵니까. 이 자식이 삶의 어둠 속에 촛불이 바람에 꺼져 가려고 할 때마다 정신이 혼미해 죽음의 블랙홀로 휘감겨 이승의 손길을 잡으려고 허우적거리는 이 자식이 안타까워 또 오셨습니까.

1984년 구로경찰서 보안과 담당, 댄스를 가르친 죄를 본인이 인정함. 현장 체포에 닭장차로 경찰서로 직행. 다음 날 아침 즉결 재판소, 죄명은 풍기문란죄, 구류는 5일, 경찰서 지하 유치장 철창에 갇힘.

4일째 밤이다. 유치장의 밤은 춥고 자유의 날개가 부러진 새는 철창 안에 갇혀 퍼덕여 보지도 못한다. 녹갈색의 지저분한 모포 두 장씩을 받아서 한 장은 접어서 바닥에 깔고 한 장은 덮고 잠을 청해 보지만, 뭇 공상들이 주마등처럼 스쳐 지나간다. 아침이 오면 자유의 세상에 나가는 것은 좋다만, 우리 아이들에게 무슨 거짓말을 꾸며대야 하나, 하는 생각에 마음이 괴롭다.

아이들에게 아비로서의 교육하기를 "자기가 잘못한 일은 자기가 책임을 저야 한다. 잘못한 일이 있으면 변명을 해서 현실을 피하는 자는 미래가 어둡다. 잘못이 있다면 인정하고 잘못한 만큼 벌을 받는 사람은 미래가 밝고 행복하다." 이렇게 아이들에게 거짓말을 하지 말라고, 운명에 도전해 보라고 교육하고는 이 아빠가 유치장에 며칠 있어서 집에 못 들어왔다고는 차마 말을 하기가 어렵다.

내 아내는 시골에 볼일이 있어서 며칠 못 온다고 했으니 그렇게 하라고 하지만, 글쎄 거짓말은 아무래도 좀…;

어머니
세파의 아픔에 몸 떨고 있는 이 자식에게
용기를 주려고
이 밤도 눈가에 눈물이 고여 내려오셨습니까

어머니
이제 새벽의 날이 밝아옵니다

이 자식의 걱정은 하지 마시고
새벽닭이 울기 전에 어머니의 나라로
가셔야 할 시간입니다.

오늘은 작은 희망이나마
제가 유치장에서
나가는 날입니다
2016년 12월 2일 금요일

어머니
오늘은 제가 죽음에서 생명을 얻어
퇴원하는 날입니다
어머니,
이제 제 걱정은 마시고
영생의 나라에 별이 되어 오소서

불효자식 올림

오늘은 내가 병원에서 퇴원하는 날이다. 가족들은 아침 일찍부터 갈아입을 옷을 가져왔다. 속옷은 새것으로 사고, 겉옷은 클리닝을 해서 깨끗하게 준비해 주었다. 신발까지도 깨끗하게 세탁해 온 아내가 고마우면서도 미안한 마음이 들었다.

내가 병실에 누워 있을 때도 병원의 모포가 아닌 VIP 병실의 이불같이 수선화 무늬가 그려진 포근한 이불을 덮어 주며, 병원에는 병균들이 많을 거라며 삼 일마다 이불을 세탁하고 다림질을 해서 덮어 주었다. 때문에 늘 미안한 마음이 앞선다.

영혼이 살아 있는 내 아내. 썩어도 준치라고 했던가. 그 오빠에 그 동생이 아니랄까 봐 세상 보는 안목이 1mm의 흐트러지는 것도 못 보는 사람. 완벽이 아니면 타협하지 않는 여자. 차라리 내가 보기에도 흙 조각가의 예술의 길로 갔으면 지금쯤은 어둠의 판잣집 창고 속에서 틈새로 들어오는 햇살에 눈부셔 손으로 가리며 누더기 마대 거적을 등허리에 뒤집어쓰고 예술에 집중하는, 예술과 결혼해서 예술에 미친 석고가 되어 로댕의 '생각하는 사람'의 흙 조각 작품은 내 아내의 햇가닥에 빛을 바랠 뻔했다예! 그랬더라면 우리 집안 꼴은 볼 만했을 거야잉!

나는 동숭동 마로니에 공원에서 마대 자루 거적때기를 깔고 앉아 있었지. 한 푼 줍쇼, 천국과 극락을 가는 열차는 막차까지 다 떠나부렀습니다. 예! 저는 열차비가 비싸서 못 타고 남에게 양보하느라 못 타고 천국 극락은 안 갈랍니다. 이제 지옥의 열차도 모두 떠나가고 마지막 막차만 남았는데, 저는 이 열차를 꼭 타야만 합니더, 그런데예 여비가 쬐끔 모자라서예! 한 푼만 보태줍쇼. 예, 은혜 갚을께요잉!

자칭 깨달은 자

25년 전엔가 내가 요로코롬 동숭동 마로니에 공원에 마대 자루 거적때기를 깔고 앉았었지, 암만! 내 평생에 또 사인을 두 번 해 주었는데, 지금도 두 분에게 속죄를 드리고 싶은 마음입니다.

이 쫀지리에게 사인을 해 달라. 아, 하늘이여 창피해서 지금도 두 분에게 사죄를 드립니다. 한 분은 연세대학교 굴다리 밑에서 연세대 강사님 같은 여자분으로, 굳이 꼭 해 달라고 해서 못난 죄를 저질렀고, 또 한 분은 홍대 들어가는 옆에서 그때 중학생으로 보이는 학생이 굳이 해 달라고 해서 또 얼굴을 못들 죄를 저질렀습니다.

두 분의 가정에 행운이 깃들기를 빌며, 못난 무명 시인 쥐구멍에라도 들어가고 싶은 심정으로 사죄드립니다. 요로코롬 하고 다녔으니 내 집안 꼴이 뭣이 될 것이여잉!

내 아내는 속이 얼마나 썩어 문드러졌으면 1992년 11월 호 '퀸' 잡지에 거지꼴을 한 내 사진이 4페이지나 실렸으니, 아내는 우리 동네 미장원마다 손님인 척 가서 '퀸' 잡지에 있는 내 사진을 찢어내느라 또 얼마나 가슴이 쿵덕거렸겠어. 동네 창피해서 못 살겠다고 성산동 아파트 21평을 팔고 방 좀 넓혀서 연립주택으로 이사를 갔지롱!

그 후 아파트값은 자꾸 올라가고 연립주택은 은행 대출도 조금밖에 안 해주니 집값이 안 오르고 그래서 또 한 5천만 원에서 7천만 원 손해가 나버렸지 집안 꼴 한번 역사에 남을 뻔했지롱! 참, 세상 뭐 같다 말이 안 나오겠는감요잉!

오늘은 죽음에서 생명으로 세상에 나가는 날이다. 작은딸은 아버지 퇴원 축하 겸 작은 꽃다발을 준비했고, 큰딸은 아침부터 보험회사에 들어갈 서류들을 간호사에게 물어보며 보험회사 담당에게 핸드폰으로 대화 혹은 문자로 주고받는다.

보험회사에서는 까탈스럽게 빼미작거리는 수작으로 암 수술도 아니고 시술이니 초음파 시술이 아직 뭔지도 모르는 것인지 건강검진에서 종양 몇 개를 떼어낸 줄 알고 우리 쪽을 불법으로 보험금이나 타 먹을 꼼수가 아니냐는 식으로 전화가 왔다. 옆에서 듣는 나도 짜증 나게 하는데도 내 딸은 짜증 하나 내지 않고 말도 들릴까 말까 한 목소리로, 나같이 한쪽 귀가 잘 들리지 않는 사람은 알아듣지도 못할 음성으로 웃으며 계약서를 다시 읽어 보고 또 간호사에게 물어보는 모습을 보였다.

언성 한 번 높이지 않고 일 처리를 꼼꼼하게 하는 모습을 보며 역시 사대문 안에 있는 4년제 대학을 졸업시킨 보람이 있구나, 싶어 흐뭇하면서도 아비로서 좀 안쓰럽기도 하더이다.

아내는 어제 교수님이 어제 오늘 퇴원한다고 했으니, 깨끗한 옷으로 갈아입고, 머리 손질과 면도도 하고, 스킨로션도 바르고, 깔끔한 모습으로 교수님과 여의사 선생님이 오시면 좋은 인상으로 인사하는 것이 예의라고 했다. 그러나 나는 환자는 마지막까지 환자복을 입고 병실 침대에 앉아서 교수님이 퇴원을 명하시면 그때 옷을 갈아입는 것이 병원에 대한 예의라고 했고, 결국 내 고집대로 했다.

오전 11시 40분, 조금 늦게 교수님과 여의사 선생님이 밝은 표정으로 오셨다. 교수님은 지금까지 치료해 온 설명과 퇴원 후 치료 진료에 대한 말씀과 주의사항을 일러 주셨다. 교수님은 보험회사에 들어갈 서류는 교수실로 내려가는 즉시 병원 기록에 암시술과 암 크기, 치료 과정에 사인하면 보험회사에서 문제 제기를 하지 않을 거라고 하셨다. 그런 것까지 챙겨주시니 고맙고 감사하는 마음이 어이 다 전할 수가 있으리오.

평소 몸무게가 56kg이었는데, 현재는 50.20kg으로 약해져 있고, 체온이 아직 37.7도로 높은 편이다. 몸이 완쾌되어 퇴원하는 것이 아니고 미완이기 때문에 고단백 음식을 섭취하고 조금씩 걷는 연습도 하며, 병원에 치료하러 오는 날짜에 꼭 나와야 한다며 퇴원을 축하한다는 말씀에 나는 또 한번 눈물이 찔끔 나왔다.

교수님의 밝은 표정과 한상 청아한 미소로 맞이해 주신 여의사 선생님에게 우리 가족은 진정 고마운 마음으로 정중히 인사를 올리고, 오후에 이대목동병원 정문으로 어설픈 몸과 마음으로 퇴원을 했다.

퇴원 후 지켜야 할 사항들

(1) 침묵은 금이다.

말을 미리 앞세우지 말고 자기 자랑이나 집안의 자랑도 하지 말라. 특히 집안이 잘사는 자랑을 하지 말라. 말을 할 때는 또박또박 톤을 낮춰서 하고, 어떤 경우에도 화를 내거나 얼굴에 짜증이 나타나서는 안 된다. 잠잘 때 숨을 입으로 쉬지 말고 코로 숨을 길게 들이마시는 것을 습관화하라.

(2) 술과 담배를 금하라. 내 육체에 이로운 음식은 먹고 해로운 음식을 알면서도 먹는 자는 바보이다.

① 술은 치매를 빨리 오게 한다.
② 암 종자 균들을 춤추게 하는 것이 술이다.
③ 연골에 치명타를 준다. 술은 뻐꾸기 새끼같이 연골을 밀어내고 연골 자리에 술이 들어 앉아 있다.

(3) 자기 자신을 항상 낮추어라.

자기 자신을 낮추고 세상에 서 있어 보면 세상에 서 있는 자기가 아름답게 보이고, 자기를 높이고 세상에 서 있어 보면 지기는 히엉과 허무와 허망함이 보이더이다.

⑷ **음식은 배 터지게 먹지 말라.**

배가 부르다고 생각되면 그만 먹어라. 맛있고 비싼 음식일수록 내 몸에 좋게 먹어라. 배 터지게 먹고 소화를 못 시키면 차라리 먹지 않은 것만 못하다. 음식은 오래 꼭꼭 40번 이상을 씹고 삼키라고 말씀하셨는데, 도저히 습관이 안 되더이다. 어느 날 내가 밥을 먹고 숟가락을 놓고 반찬을 먹고 숟가락과 젓가락으로 다음 먹을 준비를 해 놓고, 젓가락과 숟가락을 손에 쥐지 않고 놓고, 몸을 반듯하게 세워서 음식을 먹으니 자동으로 음식을 꼭꼭 씹고 맛있게 먹어지더이다. 이것을 음식을 꼭꼭 천천히 맛을 음미하며 먹는 방법을 깨달았다고 해도 될랑감요.

⑸ **근육 운동을 꾸준히 하라.**

새벽이나 아침에 일어나면 하루에 한 번씩은 꼭 세 가지 운동으로 15분 정도 한다.
① 상체 근육 운동
② 허벅지와 종아리 근육 운동
③ 룸바 베이식 힙무브먼트 (그림문자) 돌리기 및 기타 몸 운동

⑹ **소독으로 청결하게 한다.**

일회용 알코올 스왑 거즈를 약국에서 구입.
① 눈을 감고 눈 주위를 닦는다.

② 콧구멍을 닦아내고 새로운 거즈로 왼쪽 코에 넣고 숨을 5·회 크게 빨아들인다. 오른쪽 코에도 넣고 5회 숨을 크게 빨아들이면 뇌와 고막과 속 창자가 소독되는 것 같고 치매 예방도 될 것 같은데 하루에 1회.

＊이것은 나 혼자의 것으로 다른 분은 의사에게 꼭 상의하십시오.

(7) **부지런하라.**

생명체는 육체를 움직여야 건강에 좋다. 세상 어디를 가도 게으름 피우지 말고 내가 조금 더 힘들고 궂은일 내가 할 때 이 세상 어디를 가도 나를 좋아하고 사랑받는다.

(8) **내 얼굴의 관상을 바꾸는 노력을 하라.**

① 코는 좌우로 넓게 하려고 노력하고,

② 이는 앙다물지 말고 턱은 아래로 내려서 윗니와 아랫니가 닿지 않게 하고,

③ 가슴은 펴고 등과 목을 세우고 시선은 15도에서 20도 위로 응시하고 미소를 띤 모습으로 있게 하라.

＊내 얼굴이 밝고 맑은 미소의 아름다운 모습일 때 남들이 볼 때 내 마음이 밝고 아름다워지고, 모두가 그러할 때 세상은 밝고 맑고 아름다운 것이리라.

⑼ **탐욕을 버려라.**

① 남의 것을 탐하지 말라.
② 남의 돈에 대한 이야기에 마음이 끌려가지 말라.
③ 남이 하는 말에 현혹되지 말라.

⑽ **내일을 너무 걱정하지 말라.**

오늘 나에게 주어진 것은 나의 운명이요, 열심히 하라. 내일의 운명은 한 치 앞을 모른다. 내일의 운명은 내일 열심히 하면 된다. 잘되고 못 되는 것은 나의 운명이요 내 팔자다.

⑾ **신에게 감사하라.**

① 생명이 살아 있으면 감사하라.
② 고난의 고통이 잠시 멈추거든 그때 감사하라.
③ 의로운 죽음을 주거든 더욱 신에게 감사하라.

내 육신에도 봄은 오는가

(1)
내 영혼들아
지난겨울에는 내 영혼들이 내 육체를 버리고
눈이 오는 겨울에 하얀 나비가 되어
떠나려고 하나둘씩 짐을 챙기고

육체야 어둠 속에 죽어서
썩어 문드러지든지 말든지 아랑곳하지 않고
흰 눈이 내리는 날
하얀 나비가 되어
날아갈 준비를 하고 있다

문학!
30년 전에 시를 쓴다고

좀 깝죽거리다가 그만두고
지금은 죽음 앞에서
나의 내면에 잠재해 있었던 시혼들이
36년을 동고동락해 온 내 삶의 춤의 예술혼도
차마 내 육신을 버리고 떠나기가
그냥 떠나기가 아쉬운지
시혼아, 춤혼아, 무지의 육신에 들어와서
예술로 승화되어 한 번 날아보지도 못하고
가슴에 맺힌 한들이 웅어리 되어
아쉬움에 마지막 한판 굿판이라도
벌이고 떠나잔다

바싹 마른 육신의 장작에 불을 피우고
활활 타오르는 불꽃 위에
창출의 내 시혼아, 춤혼아,
한바탕 춤을 추고 놀아보자
춤을 춘다, 춤을 춘다
둥실둥실 춤을 춘다

이제야 좋을
아, 무지의 육신이면 어떠하리
한바탕 춤을 추고 놀아보자

혼신의 힘을 다해 정신없이 춤을 추며
눈물을 흘리자

장작불이 꺼지고 굿판이 멈추면
허무한 마음을 달래며 내 영혼들은 이제
내 육신을 버리고
하얀 눈이 내리는 날 하얀 나비가 되어
눈 속으로 멀어져 날아가겠지
내 영혼아 어디로 가느냐고
물어보아서도 안 되겠지….

(2)
죽음의 협곡 눈보라 속을 헤치며
어둠의 설산을 넘고 넘어서 아침 햇살을 받으며
초원에 저승과 이승의 연락병인 노랑나비
한 마리가 날아와서 내 가슴에 안긴다

떠나려는 내 영혼의 하얀 나비들에게
가을이 오면 억새 풀 핀 들녘에 무덤이 있고
들국화꽃 산들히 핀 곳에서 저녁노을 받으며
하얀 나비 노랑나비 팔랑팔랑 춤을 추며
가을 하늘 날아보자고

어르고 달래며
못 떠나게 꼬드긴다

창출의 예술혼을 휘날리며 내 영혼아
꿈이면 어떠하리, 종이학이면 어떠하리
무명 시인의 눈에 눈물이 흐르는구나.

(3)
내 육신에도 봄은 오는가
겨우내 누렇게 핏기를 잃고
삭풍에 휘갈겨간 들녘에도
푸릇푸릇 생명의 새싹들이 돋아나고
앙상히 메마른 나뭇가지에도 뿔곳뿔곳 움이 트는가

내 육신에도 봄이 오면
언 겨울 냇가 찬물에 세수도 한번 해 보고
시린 맑은 물에 손 곱아도

물 밑에 깔린 낙엽들은 동굴의 꿈에 겨워
어린 물고기들은 꼬리를 살랑살랑 흔들며
먼지를 일으키며 동굴의 꿈을 깨워
봄맞이 준비를 한다.

내 육신에도 봄은 오는가

2017년 3월 4일

퇴원 후

*퇴원 후 투병 일지에 대하여 조금 더 설명해 보아야겠다.

2016년 12월 02일 이대목동병원 퇴원

2016년 12월 08일 채혈, 체온, 혈당검사

2017년 03월 02일 채혈, 체온, 혈당검사

2017년 03월 21일 MRI, 위내시경, 조직검사, 채혈, 간암 정밀 검사

2017년 03월 30일 MRI 및 교수님 결과 설명

2017년 05월 25일 교수님 면담 및 교수님 결과 설명

2017년 07월 24일 MRI 간 검사 췌장 채혈 검사

2017년 08월 03일 교수님 검사 결과 설명

*2017년 08월 03일 정형외과 안쪽 어깨 X-ray 정밀검사, 오십견 판정, 주사 두 바늘.

*2017년 2월까지 투병에 대하여

간암 초음파 시술 자리에 칼로 그은 자리부터 아래 발끝까지 우측 반쪽 몸 전체가 피멍으로 시커멓게 덮여 있다. 무릎 종아리부터 발끝까지는 양쪽이 모두 시커멓게 피가 고무풍선처럼 팅팅 부어 있다. 특히 정맥 시술을 한 낭심 사타구니 우측에는 허벅지까지 더욱 시커멓다.

내 몸을 벗어 보면 시커먼 멍이 반신불수 얼굴 반쪽 점박이, 비운의 상처 장애인 모습이 떠오르며 피멍이 삭지 않아도 나는 옷이라도 입고 있으니 그나마 비운 속에 생명이 살아 있으니 다행이지, 하는 생각을 해 본다.

아마도 간암 시술 때 출혈이 피와 정맥 시술 때 새어 나간 피들이 소변이나 대변으로 빠져나가는 것이 아니고 피부로 땀구멍으로 빠져나오려고 몰려나오는 것인가 보다.

교수님은 부기를 빼는 이뇨제와 간 치료제, 위 치료약만 처방해 주시고, 피멍은 세월이 가면서 조금씩 좋아질 것이고, 걷는 연습과 운동량을 조금씩 늘리면서 고단백질 고기를 많이 먹으라고 말씀하신다.

위 클립 자리도 많이 당기고 간암 시술 자리는 기분 나쁜 냄새로 당기고, 정맥 시술 자리는 3개월이 지난 지금도 앉았다 일어서지를 못하고 부축을 받아야 한다. 발은 팅팅 부어서 큰 신발을 신어야 하고, 집 주위만 걷던 것을 한강까지 30~40분 정도 걸으면 육신이 몹시 피곤하다.

*5월 말까지 투병 일지에 대하여

3월부터 5월 말까지는 피멍은 많이 좋아지고 있는데, 양쪽 무릎 밑 종아리부터의 부기는 좀 빠지는데, 피멍은 보기 흉하게 딱지들이 붙어 있어 가렵고 긁으면 피가 나곤 한다.

그런데 이번에는 간암 시술 자리부터 피멍이 위로 올라가는 느낌을 받으며 머리까지 혈압이 올라와 있는 것으로 머리를 긁으면 좁쌀같이 피딱지가 나오고 양쪽 어깨를 못 쓸 정도로 아프고 욱신거린다. 뼈가 찌르르하여 컵을 들고 있다가 놓치려는 현상이 자주 나타나고, 팔을 쓸 수가 없고, 밤에 잠을 못 잘 만큼 아프다. 진통제를 약국에서 사다 먹어도 아프다.

*여기서 환자가 아쉬운 점을 이야기하겠다. 피멍을 연고나 파스로 확실하게 빼내는 약을 아직 개발을 못 하고 있다면 빨리 연구하면 될 것 같다. 지금 나온 연고와 파스는 조금, 아주 조금의 효력밖에 없어도 환자에게는 시원하고 좋은데 연고는 의료보험은 적용되지 않는지 5월 25일에 교수님 면담에서 피멍과 어깨의 심한 고통을 이야기했는데, 그날 바로나 다음 날에라도 정형외과에 보내서 치료를 받게 했으면 3개월은 아픔의 고통이 덜했을 텐데 8월 3일에서야 늦게 해야 할 이유가 있었던 것일까. 환자의 아픔을 감지하는 것이 조금 늦은 것 같다. 교수님은 오십견 쪽이고, 간암 초음파 시술과 위 클립 시술한 것과도 연관성이 있으므로 잘 먹고 어깨 운동을 꾸준히 하라고 말씀하셨다.

*8월까지 투병 일지에 대하여

7월 27일, MRI로 간 검사와 췌장 검사, 채혈 검사를 했고 8월 3일 교수님의 검사 결과 설명회이다. 교수님은 각종 검사에서 별다른 이상의 징후는 보이지 않고, 정상적인 안정으로 가고 있으며, 오늘은 정형외과 교수님의 특집으로 신청했으니 정형외과로 가며 10월 25일에 채혈 검사와 영상의학과에서 사진을 찍고 11월 1일 검사 결과를 보잔다.

정형외과에서 우측 어깨 세 곳, 좌측 어깨 세 곳을 X-ray를 찍고, 1차는 의사 선생님, 2차는 교수님에게 진료를 받고, 우측 어깨에 주사 두 번, 진통제 처방과 2주 후 8월 17일에 정형외과 진료, 오십견으로 3개월 동안 오십견 운동법을 배워서 정형외과 치료를 끝냈다. 점차 좋아졌다.

아직도 내 몸이 정상으로 돌아오지 않고 있다. 수술은 항암치료의 고통이 심해서 더 죽을 것 같지만, 초음파 시술은 출혈이 바깥으로 못 나오는 것이 문제일 뿐 항생제 치료가 되니 살 만하다고 해야 할 것 같다.

내 몸으로 보면 퇴원 후 1년은 좋은 음식을 먹고 운동을 조심히 하고, 또 1년 후에는 정상은 아닐지라도 4/5까지는 정상으로 가야 하지 않을까 생각해 본다. 나는 세상에 살아서 세상을 감상할 수 있음에 오늘도 신에게 감사한다.

무명 시인의 일기

첫 여행지 화진포 앞바다. 3월 초, 내 나이 70 평생에 첫 여행인가. 병원에서 퇴원하고 아직 성하지 못한 몸으로 죽음에서 살아온 기념으로 큰딸과 사위가 처음으로 여행 한번 모신다며, 가고 싶은 곳이 있다면 어느 곳이든지 말하란다.

나는 화진포 철책선이 있는 앞바다에 금강산이 보이는 곳, 내 딸들 초등학교 여름방학 때 딱 한 번 가본 그곳을 말하였다. 예 금강 앞바다에 돌무덤들이 작은 섬 무더기들이 소나무를 심은 채 해풍에 수천 년을 버티다 아름다운 모습의 자태로 예술로 승화시켜 서 있는 모습에 내 마음에 감동을 준 곳이다.

수평선에서 하얀 물갈기들이 끝없이 밀려와서 엄마의 돌섬 바위에 재롱을 떨고 있는 자식들과 투정을 부리고 있는 자식을 엄마의 돌섬은 모두를 어르고 보듬어 준다. 사위와 큰딸은 금강 콘도에 1박 2일로, 거실에서 바로 앞바다가 제일 잘 보이는 곳으로 방을 두 개나 예약해 놓고 경포대 해수욕장, 정동진 낙산사, 화진포 앞바다 등을 구경시켜 주었다. 식사 때는 내가 좋아하는 멍게와 해삼, 전복이 있는 TV에도 나온 큰 식당을 찾아 나와 아내를 호강시켜 주었다.

음식 값이 비쌀 텐데 사람들이 어쩜 그렇게 많은지…. 어떻게 다들 저렇게 여유롭게 살 수가 있는지…. 저렇게 잘 먹고 미래 설계를 하고 희망이 있을까. 아니면 우선 되는 대로 쓰고 보자는 식으로 케세라세라, 에라, 나도 모르겠다는 설마 아니겠지.

그 많은 사람이 다 잘 사는 것을 보면 참 신기하다. 그리고 밝은 표정들이 좋다. 나는 죽기 살기로 평생을 살아왔건만 점심 백반 5천 원짜리도 아까워서 못 먹는데…. 사실 지금 나의 뇌가 평생을 너무 조이며 살아오다 보니 뇌의 나사가 박아가 나 버렸다. 지금 나의 뇌가 아프고 세상이 멍하다. 옛날에도 나의 좌측 뇌가 번개가 찌릿찌릿했는데 요즘은 우측이 더 심하다.

무명 시인의 여행

3월 초 날씨는 아직 겨울의 끝자락으로 이른 봄을 맞이하고 있다. 서울을 벗어나며 강원도로 톨게이트를 지나 가는데, 양쪽 산에 떡갈나무, 도토리 참나무, 잡나무들이 소나무의 운치와 어울려 한 폭의 그림, 겨울 산수화 같다.

가을 단풍에 울긋불긋 신나게 놀았으믄 되었제, 낙엽들은 아직도 뭣 땜시 못 떠나고 겨울의 삭풍을 견디며 나무에 매달려 있는감. 낙엽은 지가 뭐 하얀 나비, 내 영혼으로 착각하고 나무를 못 떠나고 있는감!

하기야 낙엽아, 가랑잎이나 내 인생이나 다를 것이 무엇에 있겄어잉! 아, 웅! 이 무명 시인과 눈 한번 맞추고 떠나려고 겨울의 눈보라 삭풍을 견디어 왔는가. 참 싱겁군. 내가 무어라고. 내가 죽음에서 살아올 것을 설마 나의 영혼 노랑나비가 설산을 넘어올 때 가르쳐 준 것은 아니겠지.

내가 못 살아왔으믄 어찌하려고 그랬어. 웅! 산천의 초목아, 맑은 물아, 나무에 흔들리며 달려 있는 낙엽아, 나는 너거들이 좋은 거라. 어쩔꼬! 나라님의 행차 시에 캄보카 앞세우고 양쪽 인도 위에 수많은 관중이 손에 손에 태극기 흔드는 환영의 물결이 부럽지 않구나.

산천초목의 낙엽아, 이다음 겨울에 올 때는 내도 왕관은 못 쓰고, 월계수관도 마라톤 챔피언이 못 되어서 못 쓰고, 내는 클로버 꽃 관을 엮어 만들어 두었다가 좀 시들해도 좀 시들한 게 내에 맞는 거라.

·클로버 꽃 관을 쓰고 동해 바다 화진포 예금강산이 보이는 곳으로 무명 시인 행차시다, 하면 너거들은 못 보아도 너거 얼라들을 보며 첫 여행을 추억으로 간직할 거마! 참 멋질 거야잉! 암만, 멋져 부러잉!

낙엽아, 산천초목아, 삼천리금수강산아, 혹시 또 아는감! 통일이 되어 이 무명 시인이 예금강으로 해서 금강산에(금강산?) 그 품에도 한번 안겨보고, 백두산 천지 연못에 몸 세워 깃대발로 이 무명 시인과 만남의 인연이 있을랑가. 낙엽들아, 소곤소곤 씨방 싸방싸방 귀띔으로 이 무명 시인의 뜻을 하나님 신에게 속닥속닥 전해주렴. 암만, 꼭, 거시기에! 암! 알았지롱! 통일요!

갈잎 낙엽들아, 스쳐가는 인연으로 너와 나의 눈빛 한번 맞추고 천 년을 기억하자! 시방 그 말인기라잉! 왔다메, 엄청 길어 버렸구면. 앙! 뭣이여! 아니랑께! 천 년도 잠깐이라 이 말이어라잉! 아, 뭔 말인지 알았응께 언약 무시기 콜콜록언 손바닥으로 복사, 인감 대신 엄지 지문 연합 아~큐야 먼디 그리 복잡하누. 통과, 통과요잉!

산은 여인으로 무던히 서 있고, 솜 같은 눈송이를 뿌려 안개 비와 하모니를 맞추며 엷은 명주 속치마로 걷히며 속살을 보일 듯 감추며 신비의 계곡에 이슬비를 뿌리듯 나의 마음이 마냥 흐 뭇하게 미소를 띤다.

눈 이슬비 뿌리는 산하가 좋으면서도 자가용 차 속에서 나는 또 괜히 구시렁거린다. 이 세상은 뭐니 뭐니 해도 돈인데, 달라 는 돈복은 안 주고 여자 복은 많아 가지고! 산과 눈 안개비를 두고 하는 소리니께 신경들 끄랑께!

화진포 동해가 가까워지니 해가 뜨고 이른 봄기운이 바다의 비릿하고 상큼한 내음이 세상에 깔려 있다. 푸른 파도 위에 밀 려오는 하얀 물갈기가 싱그럽다.

다음 날 아침, 일찍 해가 떠오를 때 아직 성하지 못한 몸으로 바지를 허벅지까지 걷어 올리고, 아침 바다의 시린 바닷물에 들 어갔다. 기우뚱거리며 돌멩이를 들춰 게도 잡고, 해조류도 먹는 것으로 뜯으며 내 아내도 따라 들어와 나를 부축하면서 잠깐의 동심에 아내와 놀아 보니 너무 좋았다. 내 아내도 아침 바다를 보며 바다는 역시 파도가 조금씩 치고 하얀 물갈기가 밀려와야 멋있고 바다 맛이 나는 아름다움이 있다고 말한다.

*그렇다, 우리네 인생의 삶 또한 바다와 같다.

2017년 3월 4일

두 번째 여행

5월 초에 황매산의 철쭉꽃 축제와 그 옆 산청군 동의보감의 기 체험장과 그 산자락에 있는 한의학의 명인 허준과 사부의 돌 작은 동굴 속에서 그 열악한 시대에 수술로 죽음을 선택하는 천기의 정신에 무한 감동으로 예를 올렸다.

황매산의 3뫼산이 어머니의 마음으로 세상에 베풀듯 마음 가는 곳 옆에 졸졸 흐르는 작은 물에 노는 물벌레만 보아도 자연 속의 신비로움을 느낀다.

☆☆☆ 기의 의미

동양 사상에서 기의 세계관은 세상의 모든 것이 낙엽 하나까지 기의 흐름으로 이루어져 있다는 관점에서 우주의 생명력이고 만물의 에너지다. 지리산 자락 산속 콘도에서 첫 밤을 자고 이른 아침부터 산새들이 내 방문 앞까지 와서 지저귀었다. 물론 새들은 손님들이 흘리고 간 부스러기를 주워 먹으려고 왔겠지만, 무명 시인의 마음에는 새들이 내가 온 것을 알고 온 것이 아닐까 요로코롬 생각해 버리는 것이니께, 사람들은 전봇대로 이빨을 쑤시든지 말든지 달마대사가 고무신 한 짝을 타고 중국과 인도 사이에 있는 갠지스 강 바람에 돛을 달고 신나게 건너갔다고 하든지 말든지….

　모세가 칼로 강물을 탁 치니까 강물이 큰 도로를 만들어 주더라, 하든지 말든지 등등 수없는 성화가 지나갔으니께 그러면 그런갑다, 또 돌대가리가 혜까닥 요로코롬 생각하고 내도 앞으로도 돼지 꿈꾸고서 방긋방긋 콧방울 올라오며 짬밥 통만 생각할 거니께 그시기 아시래요잉!

　손에 잡힐 듯 앞산은 휘감겨 도는 안개비에 안개가 끼었다 싶으면 걷히고 걷히는가 싶으면 또 끼어서 아, 아침 공기 이렇게 싱싱하게 마셔보는 것도 난 평생 처음인 것 같다.

　큰사위와 딸에게 두 번째 여행을 주어 참 고맙다.

5월에

세 번째 여행

가평 아침고요수목원에 들어왔다. 입구에서 좋은 꽃과 분재 씨앗들을 양재동 꽃 도매시장보다 시골 땅값이 싸니까 조금이라도 싸게 판매하고 아름다운 것을 구경할 수 있는 것이 참 좋았다.

아쉬운 것은 세 곳에서 네 곳을 야생화의 씨앗이나 모종도 분재도 꽃도 전문가의 설명도 있고, 세계 관광 손님들에게도 참 좋고 예쁘고 아름답고 신기하다는 느낌을 받게 대학원 교수님들의 창작 창출의 연출을 하면 어떨까 하는 지리의 생각이다.

2017년 10월 1일 오후 1시쯤 들어갔다. 꽃밭에 계절에 따라 꽃들이 조목조목 창의적으로 꾸며 놓은 것이 나는 평생 처음 보았다. 사진 찍기를 싫어하는 나도 포즈를 취하며 아내와도 찍고 아내가 나의 멋져부렀응께잉! 하고 핸드폰으로 찍은 것이 나의 뇌에만 박혀 있을 뿐, 그림에 찍은 것은 이다음에 내가 죽을 때는 쓰레기로 남을까 봐 걱정도 팔자다.

이쪽 계곡 위의 산에도 창출적으로 참 아름답다. 물론 앞으로 더욱 좋은 작품과 관리비를 위하여 입장료 성인 7,000원, 노인 6,000원, 학생 4,000원. 나 같은 쫀지리는 한 번 더 가보고 싶어도 아, 돈이 부들부들 나를 흔들어 떨게 한다.

작은 부자는 나의 것이고, 큰 부자는 나라의 것으로 만인을 위한 베풂 공존의 세상에 이바지한 사람은 역사에 자기가 이룬 '아침고요수목원'을 이룬 창설자 한상경 교수의 동상을 세우고 그 업적을 황무지 때부터 마지막 작품까지 동상 옆에 아니면 앞에 영상으로 보존하고 그 자식들도 아버지가 부자니까 돈을 막 쓰고 방탕하고 법을 어기는 금수저, 흙수저가 아니라 죽음 후 역사에 남길 가문의 후손으로 자부심 왔다메, 멋져 부러어잉! 암만! 멋져 부렀어잉!

　인생의 맛이란, 대충 서민의 삶을 살면서도 창조, 창출, 연출의 깊은 고뇌에서 예술을 창출할 때, 정신없이 거기에 매달려 밥 먹는 것도 잊어버릴 때, 자기 자신이 예술의 기가 내 육체에 꽃의 향기에 벌 나비가 찾아오는 것이리라.

　육체를 위한 운동도 꼭 해야 한다. 그래서 작은 꽃동산이나 산과 강의 보존은 개인의 것이지만 규모가 커지면 나라에서 동상을 세울 가치가 있는지 심의를 거쳐 가치가 있으면 나라에서 동상도 관리 보존하는 것일 때 국가에서 정원도 관여해서 미안합니다만 예쁘고 아름다운 곳을 서민들도 조금 보게 입장료를 3천 원에서 4천 원 정도 하면 안 될랑가요? 응애! 욕심으로 좀 더 참 좋게 창출해 나가면서요, 미안. 응앵.

　저녁쯤에는 사위와 딸이 1박 2일 코스에 하룻밤을 가평 계곡 강시봉 산장 아래 군청에서 운영하는 가족 단위 숙소에 여정을 풀었다. 간밤에 산속에서 비 몇 방울 내리고선 아침 공기 싱싱

하며 싱그럽다. 아침 일찍 아내와 둘이서 산책 겸 등산로를 따라 둘레길 계곡 옆으로 산 아래 자락으로 만들어 놓은 길 걸으니 공기가 너무 좋았다.

비가 오지 않아도 산속 수풀의 습한 기운이 돌 바위에도 파란 이끼가 덮여 숨을 크게 들이마시고 좋아하며 내 평생 이럴 때도 있구나 싶어 눈물이 찔끔 났다. 맑은 냇물에 세수도 해 보고 냇가의 돌들이 나에게는 다이아몬드보다 더 아름답다.

산천의 계곡아, 역시 나는 너거들이 좋은 거라. '아침고요수목원'의 꽃들보다 나는 자연의 싱그러움, 너거들이 더 좋은 거라. 혼자보다 아내가 있어 표현도 하고 느낌도 연출하고 참 좋은 거라. 이러려고 내 평생의 참담한 역사를 피눈물 나게 쌓아 돌탑을 만들었나. 또 한 번, 어이! 사위, 고마우이. 참 고맙군!

아침 9시 30분쯤 되었을까, 강시봉 정상에 못 가보고 내 몸이 아직은 완쾌가 되지 않아 피곤해서 중간까지 오르다가 아내의 만류에 옆 계곡의 아름다운 곳에서 쉬었다가 하산했다. 왔던 길이 너무 좋아서 다시 뒤돌아 오는데 5분쯤 걸었을까, 햇빛도 쨍쨍한데 갑자기 돌개바람이 내 위의 나무를 흔들어 굵은 이슬이 후드득 떨어졌다. 그 이후에는 아무 일 없다는 듯 잠잠해졌다.

아내도 깜짝 놀라서 웬 이슬방울이 참 좋다고 하며 팔짱을 끼고 강시봉 산들의 축복 세례인가 하고 생각했다. 우연한 일을 괜히 좋은 쪽으로 결부시키려는 도둑놈 심보일까, 깔린 것을 이해 좀 해 주세요잉~애!

아름다운 계곡도 떠나와야 하는 아쉬움에 아내와 나는 아래 계곡의 맑고 맑은 물에 한 번 더 세수도 하고, 물에 마음을 담그는데, 그때 계곡 위 20~30m에서 돌개바람이 휙 불더니 단풍이 들다 만 낙엽이 우수수 떨어졌다. 겨우 몇 초의 순간이었지만 그 모습이 참으로 신기하여 내 뇌리에 오래도록 지워지지 않고 남았다. 덕분에 또 이렇게 글을 쓸 수 있었다. 산천 계곡아, 아름답고 참 좋고 좋은 곳 보고 느끼게 해 주어 참 고맙구나. 언제 한 번 더 와보고 싶은 곳이구나, 그때는 강시봉 정상까지 올라갈 거야.

우리 가족은 오전에 비워 주어야 하는 약속 때문에 떠나왔다. 그렇다, 이제는 시대와 세상이 인간은 허영과 허풍과 허세가 엉터리임을 깨달아야 할 때이다. 자아를 진정 깨닫자. 자기 육신과 자기 영혼의 기와 자기의 주위를 위해 어떤 것이 진정 자아의 길인가를 모두 한번 들여다보고 깨달음의 0.1% 씨앗을 얻고 싹을 피우고 꽃을 피우고 열매를 맺게 살자.

서울 도심에 나무도 많이 심고, 산들도 안산·인왕산·남산·북악산·북한산·한강도 창출적으로 더 꾸미고 마포구의 평화공원·하늘공원·난지공원도 더 창출해서 마포구의 자존심으로 한번 꾸며보자. 와! 10월 14일 토요일, 10월 15일 일요일, 요즘은 자주 가는 곳인데 너무 예쁘고 참 좋잖아. 인파가 물결을 이루고….

15일 오후 4시 30분, 하늘은 한 폭의 그림같이 파란 하늘에 큰 용 구름이 남산 쪽이 머리이고, 김포 쪽이 꼬리로 지네같이 그려져 있고, 양쪽으로 솜구름이 무늬를 놓고, 서쪽으로는 휘갈겨 놓은 구름 속에 태양이 내밀듯 사람들이 사진을 찍느라고 난리도 아니여. 아내도 서울에서 이런 아름다운 하늘은 어릴 때 시골에서 보고 처음 본다고 했다.

나는 이 쫀지리와 또 결부시키려고 꿈꾸듯 잠꼬대를 한다. 내 아내의 말, 갈대와 억새풀 이름이 바뀌었다. 누가 무슨 뜻으로 지은 이유는 모르겠지만, 헌법도 진화론의 발전에 따라 바꾸는

데 현재 갈대가 억새풀로 현재의 억새풀이 갈대로 이름을 바꾸면 좋지 않을까. '나도 동의, 심의는 모르겠음!'

개똥도 밟으면 더럽고, 퇴비로 쓰면 참 좋다. 내 모습에 작은 미소를 지어서 보는 이가 마음이 밝으면 좋으련만, 나는 아직 미완성이고 애써 노력해 본다. 졸필 쫀지리니께 사람님들은 에거, 한심한 놈, 요로코롬만 봐주쇼. 예? 잉~!

모든 세상의 것은 신의 가호가 있기를

〈끝〉

통일의 대박꽃

삼천리 금수강산은 한민족이다
우리 모두 자아를 깨닫고
사랑으로 통일을 하자

＊자칭 깨달은 자의 통일은?

　삼천리금수강산을
　사랑의 씨앗으로 통일을 하자

　인과응보의 죄와 벌은 신에게 맡기고
　우리는 사랑으로 통일을 하자

　죽을 사람은 살려고 애를 써도 죽고
　살 사람은 죽음에 도전해도 산다
　죽이고 살리고도 신의 뜻이다

삼천리금수강산은 동방의
아침이슬의 영롱함으로 깨어난 나라이다
저승에 가서도 어느 나라 사람이오, 하고
누가 물을 때

동방의 나라 삼천리금수강산에서 태어나고
그곳이 나의 나라요 고향입니다

왔다메! 멋져 부렀어잉!
이보다 아름다운 예술이 어디 있겠소잉! 앙!
다이아몬드의 빛, 에메랄드 보석의 빛이라 한들

삼천리금수강산 영롱한 아침이슬의 순수함에 빛에
어이 비할 수 있겠소잉!

이 참 나라의 산세가 어머니의 산이다
아스라한 맑은 계곡의 물은 어머니의 젖줄기다
어머니의 산 정기 혼에
일본 놈들이 쇠말뚝을 박아서 그로 인하여 삼천리
금수강산의 혼이 나가서 이민족의 나라
강산이 반쪽 나고 형제끼리 싸우고 혼돈의
세월이 가고 있다

깨달아야 한다,
깨달음의 씨앗이 이제 혼돈에서 움트고
새싹으로 올라와야 한다
외람된 이야기지만

위안부 문제와 국보급 도둑은 그 시대의
침략자들이 행위하던 역사의 미개인으로
사과와 보상을 받으면 되지만

삼천리금수강산 어머니의 혼 정기의 가슴에
쇠말뚝을 박아 그 나라의 명산의 맥을 끊어 놓는
파렴치한 나라는 일본은
삼천리금수강산을 보며 세상이 보는 앞에서
유엔에 등록해 사죄로 무릎 꿇고
절 삼배를 올려야 할 것이다

명산의 어머니
일본 놈들이 끝끝내 사죄하지 않으면
어머니, 산 저를 보십시오
죽음에서 아픔의 고통을 이기고 생으로 깨어나서
명산의 어머니를 깨우겠습니다
삼천리금수강산의 어머니

새로운 정기로 깨어나시어

이 민족의 한 통일을 꼭 이루게 하소서

5차원의 깨달음?

① 죽음이나 생이나 똑같다.

② 악이나 선이나 똑같다.

③ 우주 세상을 사랑한다.

문학의 시혼은 영롱한 이슬이요, 연약한 이슬이 천 년의 묏
바위도 홈 패이게 한다. 나라는 침략으로부터 지킬 힘이 있어야
하지 않을까. 삼천리금수강산 통일이 되면 이 민족의 힘도 세계
에 비등한 힘이 있어야 좋지 않을까요.

통일이 되면 이북의 핵무기가 이 나라 민족의 것이라면 어쩔
까요잉! 일본 놈이 독도를 자꾸 빼앗아 가려고 호시탐탐 노리고
있는데, 성주에 사드 배치가 독도를 방위하기 위한 수단으로 쓰
면 어떨까요잉! 암만! 그시기! 세계 평화를 위해서는 미국·중국·
러시아도 핵을 줄이고 작은 나라의 뜻을 존중할 때 세계의 민주
주의가 될 것이다.

3차원의 세계는 참새가 어떻게 봉황의 뜻을 알리요, 이고, 4
차원의 철학은 봉황이 참새의 뜻을 이해하고 좋은 쪽으로 사랑
으로 끌어올려 주는 것이다.

＊핵전쟁은 절대 안 된다.

　일본 원폭의 처참한 인간의 죽음과 그 후유증에 죽음보다 더한 고통으로 생을 살아가면 안 되지. 오키나와의 비극.
　원자폭탄 투하 1945년 8월 9일
　항복 조인 1945년 9월 7일

　일본 수십만 명의 죽음과 상처, 한 마을의 학생들과 민간인이 전쟁 지원에 1,800명, 사망 1,500명, 원폭 피해 000명, 생존 몇 사람. 일본군 취사 담당 여자 지원자 수백 명이 불에 타 죽어가는 것을 목격한 생존자 중의 증언, "전쟁은 안 된다!"
　삼천리금수강산의 젊은이들이여! 전쟁의 참혹함은 이 지구의 아름다운 땅에서는 있어서는 안 된다.

한반도의 비극과 통일

미국 국무장관이 한반도에 무서운 먹구름이 밀려 오고 있다고 한다.

교황이 한반도의 핵 위험 위기를 잘 해결하도록 하나님께 큰 기도를 하겠다고 한다.

북한은 죽어도 핵무기와 탄저균 살인무기는 포기할 수 없다고 했다.

청와대는 살상 탄저균 백신제를 구입했다.

남한의 젊은이들은 전쟁이 얼마나 참혹한 줄 모르고 있는 것 같다.

북한은 유엔 EU에서 대북압박으로 북한의 인민들이 쪼달림의 고통 속에 참고 있다.
2018년에는 미국이 유엔에서 더 강력하게 제제를 할 거란다.

북한은 이제 독 안에 든 쥐다.
쥐가 죽음에 몰리면 고양이를 물어버린다.

미국 트럼프 대통령은 모든 군사 옵션이 끝났다고 한다.
강자가 약자를 누르는 것은 진리가 아니다.

한반도에 전쟁이 나면 세계 핵전쟁이 된다.
전쟁이 나면 한반도의 한민족은 3백 년은 생명이 썩어가는 흉
물로 남을 것이다.

그 와중에 북한은 중국과 러시아가 차지하고
남한은 미국이 차지하고
독도는 결국 일본이 가져갈 것이다.

한민족이여!
이제 정신을 차리고 자아의 눈을 뜨자.
미래의 세대와 우리 후손들에게 진정으로 물려줄 것이, 최고
의 선물이
삼천리 금수강산에 영롱한 아침이슬의 나라
세계의 평화의 주춧돌임을 깨단자

원수를 사랑하라!
예수님의 심정으로 딱 한 번만 실천하자

이상의 시 날개

나는 똥 뒷간 아래 어둠 속에 살고 있다
똥으로 살고 싶으나
내 위에 무거움의 똥들이 처득처득
나를 덮어 누른다
그 속에서도 살아나려고 나는 똥 구더기가 되어 똥 위로
구더기 더미 위로 올라 똥벽을 기어오른다
떨어지면 또 기어올라 똥파리가 되어
휭~한 세상 날아간다

-이상-

오감도

까마귀 까~악 까~악 퉤~퉤~ 죽음의 공포

오감도 13~의 아해도 무섭다고 그러오

1~의 아해도 무섭다고 그러오

2~의 아해도 무섭다고 그러오

13~의 아해도 무섭다고 그러오

우린 나라 빼앗긴 구더기보다 못한 백성이오

-이상-

통일의 대박꽃과 세계 평화

(1) 한반도의 통일이 되면
    지구촌이 하나가 되며 자유와 민주주의로 간다

(2) 북은 김일성, 김정일, 김정은 3대까지는 역사의 왕족으로 동
    상을 세우고 그 이후는 왕족의 후손으로 인정, 보호해 준다

(3) 통일이 되면 대통령 제로 남쪽이 먼저 하고, 부통령은 북 1
    명, 남 1명으로 하고, 남북의 모든 산하 장관 이하 다 그렇게
    한다

(4) 합의가 되면 바로 통일의 좋은 날을 잡아 선포하고 그날을
    기념일로 하고 첫 삽을 뜬다.
    3년 안으로 비무장 지대의 철책선과 지뢰 제거작업과 자연
    보호 구역을 합동으로 조사한다.

(5) 그것이 끝나면 통일선포날 그날에 김정은 북의 최고 지도자
    는 왕실로 들어가고, 남쪽의 대통령이 삼천리 금수강산 한반
    도를 통치한다.

(6) 모든 죄인들도 기록은 남겨두고 한 번의 사랑으로 석방하고 경찰 치안 젊은이들을 채용해서 그 후 죄를 지으면 전과를 조회해서 엄중한 벌을 내린다.

(7) 통일이 되면 3년은 준비 기간 10년만 참을 인내만 견디면 이 민족 모두가 평화의 행복이 올 것이고 세계 평화가 올 것이다.

(8) 핵무기에 대하여
세계 강대국들도 핵이 필요가 없어지니 강대국이 상의해서 줄여야 하고, 통일한 민족의 핵무기와 탄저균 살상무기는 일본과 군사 협정으로 동등한 수준으로 하나다.

(9) 각 나라의 영토는 현재 이대로 하며 규칙과 법칙을 준수하면 세계 평화가 온다.
그래서 독도는 한반도의 영토이다.

(10) IS와 기타 반군 싸움은 그들에게 내가 간다면 그들이 원하는 것을 파악하고 지구촌의 살기 좋은 곳을 몇 곳 나라를 만들어 주어서 행복하게 살게 해 주면 될 것이다.
· 유엔이 세계 중심이 되어 평화를 공존한다.

(11) 바다에 제발 포탄이나 핵물질과 오염 물질을 넣지 마세요.

우리 인간 사람이 먹을 음식이 바다에서 나오는 것을 다 잘 알잖아요.
양식도 하고 전쟁의 투자를 평화와 행복에 집념한다면 지구 촌 모두가 신비로운 곳을 구경하며 잘살 수 있어요.

☆ 민족이여, 어머니의 산 정기로 깨어나서 통일을 하자.

무명시인 장용득

*왜 통일을 하는 것이 모두에게 좋은가?

삼천리금수강산 민족이여! 진정 깨어난 눈을 뜨고 세상을 보고 자기를 보자. 과거·현재·미래를 보자. 현실의 바로 앞에 눈이 머물지 말고 미래의 꽃과 열매를 보자. 겨울의 아픈 인고 속에서 봄이면 움트고 여름의 먹구름 속에 천둥 번개가 울부짖어도 가을에 한 떨기 들국화를 피우지 않느냐.

모두가 사랑으로 통일이 되면!

① 미래 저승에 가서도 자부심이 뿌듯할 것이며,

② 방위 분담금 군비 수조 억의 이익 무역과 세계 바이어들의 선호에 수조억 달러의 가치

③ 일본이 독도를 빼앗아 갈 생각도 못 하겠지.

④ 삼 면의 바닷물고기들이 포탄에 놀라서 임신한 물고기들이 평온해지니 수산물도 엄청 많아지겠지.

⑤ 비무장지대 산 바다의 멋진 관광 동방의 나라, 수억조 달러의 가치가 분명히 있음인데, 왜 통일을 미루는가.

⑥ 삼천리금수강산이 나의 나라요, 그 자부심을 후손들에게 물려줄 그 가치가 돈으로는 환산이 안 되는 예술의 가치 아닌감요.

*두려워하지 말라, 우리 삼천리금수강산의 민족은 곧 일어난다. 10년도 안 걸려서 이 민족은 일어난다.

☆ 통일이 되면

(1) 나라 이름은? 삼천 금수강산의 약자나 참 나라가 어떨까.

(2) 나라의 꽃은? 진달래꽃 · 연산홍꽃 · 철쭉꽃으로 하면 어떨까.

(3) 헌법 제1조 1항은? 영롱한 아침이슬이면 어떨까.

일본의 사쿠라 꽃은

산천에는 어울리지 않는다

산과 들녘 온 동네에도 사쿠라 꽃이 지면

진달래·연산홍꽃·철쭉을 더 연구해서

온화하면서도 화려한 어머니의 혼 같은

나라의 꽃

진달래꽃

봄이면 온 산천 들녘 온 동네

어디에도 피는 것이라

사람이 쳐 놓은 올무에 걸려

사지가 찢긴 산짐승도

산짐승에게 물려 절뚝이는 사람도

나라의 꽃, 진달래꽃을 사랑하네.

신의 가호로

통일을 기원하는 무명 시인 삼배 합장

헬파이어 패스

TV 19번 채널 인문학 여행을 보면서

죽음의 철도 콰이강의 지옥 침략자 일본의 노예가 되어 처절한
고통 속에 죽어가야 하는 민초의 한을 하늘은 듣는가
아픔의 고통과 굶주림과 피곤함에 하늘을 원망할 초심도 잃어
가는 민초의 죽음들 '한' 앞에 한 무명시인이 눈물을 뿌린다

나는 사죄한다.
하늘의 신 앞에 이 지구촌의 모든 인간 앞에
죽음의 뒤안길에 있는 영혼들 앞에
땅바닥에 내 이마를 3번 찍으며
내 모가지를 짓밟아 죽여도 죄인 된 몸으로 사죄한다

3천리 금수강산의 한민족으로서 일본의 침략자 군화발보다 더
더럽고 잔악한 개 지만도 못한 내 민족의 몇몇이 일본의 앞잡이
가 되어 철면피 짓을 했다는 역사의 한 페이지를 읽고

어머니. 이 민족의 산천의 정기는 다 어디로 가고 저 개돼지만도

못한 것이 어머니 자식이랍니다

어머니 차라리 아직은 잠에서 깨어나지 마십시오

저것을 알면 어머니의 가슴에 한이 맺히겠지요

그나마 제가 하늘 아래 이 지구촌 땅 위에 한민족의 핍박당한

저 영혼들 앞에 무릎 꿇고 이마를 땅에 치며 사죄드리고

그들의 영혼이 이 무명시인의 눈물의 사죄에 조금이라도 한이

풀릴 때 그때에

어머니의 산천이 깨어나시고 그 정기로 한민족의 땅

3천리 금수강산을 통일해 주오소서

ㅇ우주 신의 가호가 있기를

무명시인 장용득

100년의 미래 유라시아를 잡아라

KBS 1 2018년 1월 26일 0시~1시까지 TV 방송을 보고,

아~ 저것이다. 통일의 미래 희망!
한민족의 무한 청년들의 꿈과 희망이 보이고 어린아이들의 미래
가 열리는 세상이다.

부산, 목포에서 시작되는 경인선 타고 이북을 지나며 대평원을
달려 러시아의 바이칼 호수를 가슴에 안고 독일의 베를린 광장
까지 세계가 하나 되는 지구촌의 영광까지

통일! 아~ 멋져부려어~잉!☆

창작이란? 우연의 일치에서 그 느낌이 인연으로 맺어지는 것이다.

통일은 마냥 기다리고 있어서는 안 된다.
칭직이 떠오르면 시작하고 연구, 노력하며 헤쳐나가야 된다. 절망
이 오면 그로 해서 너 나은 씨앗을 만들어내는 것이 인간이다.

TV 프로에 출연하신 정 ○○ 교수님과 경제학학자이신 강수돌 교수님의 공존의 철학을 보며 두 분이면 통일의 대박꽃이 한민족에 청년들의 꿈과 희망이고 어린아이들의 미래이고 후손에게 영광임을 설명해 줄 것 같아 감히 머리 조아려 존경드립니다.

나는 너무 연약하다.

무명시인 장용득

하늘공원

하늘 아래 은빛 물결 출렁거리네
가까이 다가가서 곁에서 보니까
억쇠풀이 바람에 펄럭입니다
코스모스 꽃밭도 오색 옷고름 풀고
산들히 미소 지으며 반겨 주네요

해바라기 꽃들도 수줍은 듯 고개 숙이고
은빛 물결 속에 하늘공원에 왔다 감을
추억 만들기 청춘 남녀 노소 님이
해피엔딩 포토존 촬영으로 가득하네요
숨겨진 해박이 쪽 몰래 따다가
입술에 하얀 젖도 묻혀졌대요

가을 하늘 저녁 노을 일컫기 전에
하얀 솜 구름이 남산까지 용트림으로
하늘공원 하늘에 수놓았네요
저 아래 평화난지공원에 리모델링 꽃밭이 그리우네요

무명시인 장용득